Über die Autorin:

Corinna Weber wurde im März 1976 in Darmstadt geboren. Sie lebt mit ihrer kleinen Familie in dem schönen Örtchen Wald-Michelbach im Odenwald.

Die Autorin gab ihrer Hauptprotagonistin den Namen „Ronja", um ihrer, im September 2019 verstorbenen, zweijährigen Tochter durch die Romanfigur wieder Leben einzuhauchen.

Sämtliche restliche Personen der Geschichte, sowie Handlungen oder Ähnlichkeiten, sind frei erfunden und daher rein zufällig. Die Orte gibt es tatsächlich.

Neben der nun entstehenden Taschenbuch-Reihe stammen die „MUDDI" Zusammen schaffen wir alles-Bücher aus der Feder der Odenwälder Autorin.

Corinna Weber

Ronjas Welt

Band 4

Impressum:

Bibliographische Information der Deutschen Nationalbibliothek:

Die Deutsche Nationalbibliothek verzeichnet diese Publikation in der Deutschen Nationalbibliografie; detaillierte bibliografische Daten sind im Internet über dnb.dnb.de abrufbar.

Copyright 2021 Corinna Weber

Herstellung und Verlag: BoD – Books on Demand, Norderstedt

ISBN: 978-3-7534-5780-2

Für meine drei wundervollen Töchter

Vorwort

Wenn man GERNE arbeiten geht, hat man wohl den richtigen Beruf. Genauso geht es Ronja in ihrer Ausbildung zur Konditorin. Nach ein paar Tiefschlägen, vor allem in der Liebe, hat sie nun endlich den richtigen Weg für sich gefunden. Ihr Leben läuft gerade richtig gut (von der Liebe mal abgesehen). Der Rest der Familienmitglieder sorgt allerdings mal wieder für richtig Stimmung. Von Umzügen, Abschieden, Flirts und Streits ist auch jetzt wieder alles dabei, was so ein „normales" Familienleben nun mal zu bieten hat. DIESES Mal kommt sogar noch jemand dazu. Und damit hatte gerade Anja am allerwenigsten gerechnet.

Lasst Euch entführen in Ronjas kleine Welt, erlebt mit ihr ihren Alltag und begleitet sie durch einige unglaubliche Momente ihres Lebens mit ihrer Familie, ihren Freunden und ihrer kleinen und großen Lieben.

Und zum besseren Verständnis werden sie alle hier zunächst vorgestellt:

Georg, genannt „Schorsch"	Vater
Mathilda, seine Frau, genannt „Mia" oder auch „Mamutschka"	Mutter
Ronja, genannt „Noni"	die jüngste Tochter
Finja, genannt „Nana" oder „Finni"	die Mittlere
Anja	die Älteste
Reiner	der (Ex) Mann von Anja
Leonie und Lennox	die Kinder von Anja und Reiner
Else und Jürgen	Anjas Schwieger-eltern
Doro	Finjas Lebens-partnerin
Rosa und Karl	Schwester und Schwager von Georg

Lena	Ronjas beste Freundin
Karin	Lenas Mutter
Greta	Mathildas beste Freundin
Alexander	Nachbar und Anjas Liebhaber
Nadja	Alexanders Frau
Andreas Meyer	Anjas Freund
Werner Meyer	Vater von Andreas
Ute und Roland Schütz	Nachbarn und Freunde von Mathilda und Georg
Gitti Winkler	Chefin der „Süße Schmiede"
Horst und Thomas Winkler	Mann und Sohn von Gitti
Paula, Sophie, Emilie	Angestellte von Gitti

„Mama, ist alles ok bei dir?" Ronja sah ihre Mutter leicht besorgt an. Mathilda nickte lächelnd, sie war nur gerade mit ihren Gedanken ganz woanders. Es war der 09. Mai, sie feierte ihren 58. Geburtstag und im Prinzip freute sie sich ja auch wirklich, dass alle da waren und mit ihr feierten. Aber gerade wurde ihr der ganze Trubel doch etwas zu viel. Das letzte Jahr war so aufregend und hektisch gewesen, dass sie sich gerade heute etwas mehr Ruhe gewünscht hätte. Aber die Menschen um sie herum, ihre Familie und ihre Freunde waren irgendwie alle ziemlich weit weg von „ruhig". Mathilda saß am Esszimmertisch, drehte ihre Kaffeetasse gedankenverloren in der rechten Hand und starrte die Torte an, die vor ihr auf dem Tisch stand. Ronja, ihre Jüngste, hatte sie gebacken und wundervoll dekoriert. Seit sie bei „Gittis süßer Schmiede" lernte und arbeitete, verbrachte sie viele Stunden ihrer Freizeit in der Küche. Sie experimentierte mit Zutaten und Rezepten und war dabei voll in ihrem Element. Mathilda musste immer noch lächelnd mit dem Kopf schütteln, wenn sie Ronja dabei beobachten durfte. Niemals hätte sie gedacht, dass gerade der Beruf der Konditorin für ihre jüngste Tochter so eine Erfüllung werden würde. Sie sah sich am Tisch um. Anja, ihre Älteste, und Finja, die Mittlere, unterhielten sich angeregt. Doro, die Freundin von Finja, saß neben Greta und ließ sich gerade von ihr mal wieder Bilder von Australien zeigen. Greta war als „Aushilfs-Oma" mit Familie Ritter für vier Monate dort gewesen. Eigentlich waren zunächst ja nur zwei Monate geplant, aber die Firma, für die der Familienvater arbeitete, hatte „diverse Schwierigkeiten," (von denen Greta nicht wirklich etwas verstand) und Herr Ritter wurde gebeten, noch zwei Monate dran zu hängen. Greta unterstützte Frau Ritter in der Zeit bei der Bespaßung der drei bezaubernden Kinder. Sie half im Haushalt, machte kleinere Besorgungen und fühlte sich in Australien recht schnell heimisch. Die Wärme dort tat ihr gut und die Menschen waren freundlich und offen. Noch heute erzählte sie gerne und viel von diesen vier Monaten, die zur schönsten Zeit ihres bisherigen Lebens wurden. Neben Mathilda saß ihr Mann Georg, auch Schorsch genannt. Sie beobachtete ihn liebevoll. Er spielte mit Leonie und Lennox, den beiden Kindern von Anja, „Mensch ärgere dich nicht". Leonie rief gerade Richtung Küche „Andreas, du bist dran mit Würfeln. Beeil dich!" Andreas Meyer, von Beruf Polizeiobermeister in Mannheim und seit über einem Jahr Anjas neuer Freund, kam mit einer frischen Kanne Kaffee durch die Tür. Er stellte sie auf den Tisch und setzte sich neben Lennox. Dann schnappte er sich die Würfel und brummte: „Würdet ihr vielleicht einen alten Mann mal nicht so durch die Gegend hetzen?" Er zwinkerte Anja über den Tisch hinweg zu. Lennox schüttelte grinsend den Kopf. Er war mittlerweile fast zehn Jahre alt und kam mit dem Freund seiner Mutter sehr gut klar. Er fand es „cool", dass Andreas Handschellen und sogar eine Waffe trug und er durfte sogar schon in dessen Polizeiauto Platz nehmen und die Sirene und das Blaulicht einschalten. Und seiner Mutter schien es sehr gut zu gehen, sie war innerhalb des letzten Jahres regelrecht aufgeblüht. Andreas war so ganz anders als sein Papa Reiner. Der war meistens schlecht gelaunt und fand an allem etwas zu meckern. So richtig recht machen konnte man es ihm sowieso nicht. Lennox fand es immer schrecklich, wenn er und Anja gestritten hatten. Und meistens tat die Mama ihm furchtbar leid. Sein Papa wurde schnell ungerecht und gemein. Zu ihm und seiner kleinen Schwester Leonie war er nicht ganz so unwirsch, aber er war auch nie dieser lustige und zufriedene Vater, der sich wirklich gerne mit seiner Familie abgab.

Gemeinsame Ausflüge oder Spiele gab es äußerst selten, meistens war es seine Mama, die sich darum kümmerte, dass es ihm und Leonie an nichts fehlte. Dann kam irgendwann Andreas in ihr Leben. Und der war so ganz anders. Er war fast immer gut gelaunt, so gut wie nie ungeduldig und vor allem immer zu Späßen aufgelegt. Er liebte Anja wirklich und war für die beiden Kinder mittlerweile zu einem vollwertigen „Ersatzpapa" geworden. Alles in allem war Lennox also sehr zufrieden.

„Du bist doch gar kein alter Mann!" Leonie lachte lauthals und knuffte Andreas in den Oberarm. Sie wurde in einem Monat sieben Jahre alt und fand Andreas einfach nur toll. So ein ganz kleines bisschen war sie vielleicht sogar in ihn verliebt. Er sah aber auch wirklich gut aus. Er war nicht allzu groß, und hatte eine gute Figur, also nicht so einen komischen Bauch wie ihr Papa Reiner. Der war ziemlich groß (also Reiner, nicht sein Bauch), fast zwei Köpfe größer als ihre Mama. Er hatte kaum Haare, nur so ein paar kurze graue Stoppeln, die sich wie ein Kranz um seinen Kopf wanden. Früher hatte Leonie manchmal gelacht, wenn sie ihn beim Kämmen vor dem Spiegel beobachtet hatte. Aber seit er sie dann mal ganz schlimm deswegen angebrüllt hatte, hatte sie es gelassen. Außerdem trug ihr Papa immer so seltsame Klamotten. Komische Stoffhosen mit einer ganz harten Falte in der Mitte (Mama und Oma Mathilda nannten das „Bügelfalte"), Hemden mit altmodischen Mustern und darüber manchmal noch ein Pulli ohne Ärmel. Er sagte immer: „Als Beamter muss ich ordentlich gekleidet sein. Da kann ich nicht in Jeans und T-Shirt durch die Gegend laufen wie ein Penner." Leider trug er aber auch in seiner Freizeit nichts anderes. Leonie hatte mal gehört, wie ihre Mama zu Tante Ronja gesagt hatte: „Seine Klamotten sind wie sein Charakter: langweilig, geschmacklos und farblos." Leonie hatte das aber nicht wirklich verstanden. Vieles davon hatte ihm Oma Else gekauft, das wusste sie. Sie mochte die Oma, also Reiners Mutter, nicht unbedingt. Man durfte dort nicht richtig spielen. Ihr und ihrem Mann Jürgen, Leonies und Lennox Opa, wurde es ziemlich schnell zu laut. Außerdem konnte Else bei nichts wirklich mitmachen, ständig hatte sie irgendwo Schmerzen oder sonst über irgendetwas zu jammern. Ihr Papa war fast genauso, auch er wollte nie mit ihr und ihrem Bruder Lennox spielen. Entweder hatte er etwas anderes zu tun, was für ihn wichtiger war oder er war genervt und schlechter Laune. Wie so oft. Leonie war damals, vor gut eineinhalb Jahren, also eigentlich gar nicht so unglücklich, als Ihre Mama ihnen erklärte, dass Papa jetzt auszöge und sie drei erst Mal alleine weitermachen würden. Natürlich konnten sie ihren Papa sehen, wann immer sie wollten. Beziehungsweise, wann ihr Papa Lust und Zeit hatte, sie und Lennox zu sehen. Der war offenbar froh darüber, jetzt wieder mehr Zeit mit seiner Mutter verbringen zu können und ließ sich mit Ach und Krach auf die festgelegten „Besuchswochenenden" ein. Ganz oft schon hatte er kurz vorher angerufen und die geplanten zwei Tage abgesagt oder auf einen Tag beschränkt. Aber weder Leonie noch Lennox fanden das sonderlich schlimm. Ihr Vater hatte sich eine kleine Wohnung genommen, unweit von seinen Eltern. Diese Wohnung war weder gemütlich noch strahlte sie Wärme aus. Die beiden fühlten sich dort nicht wirklich wohl. Sie wurden während solcher Wochenenden auch öfter bei Oma Else „geparkt" und durften dann den ganzen Tag fernsehen und mussten vor allem leise sein. Das Haus in Dossenheim, in dem sie und ihre Mutter Anja wohnten, gehörte Anja und war groß und gemütlich. Als Andreas in ihr Leben trat, hatte Leonie von Anfang an ein sehr gutes Gefühl. Er strahlte soviel Herzlichkeit und Wärme aus, dass sie sofort

Vertrauen zu diesem damals noch fremden Mann gefasst hatte. Er nahm sich Zeit für sie und Lennox, sie machten zu viert wunderschöne Ausflüge und die Zeit, die sie zusammen verbrachten war lustig und liebevoll. Seine hellbraunen Augen blitzten warm und schelmisch, sein dichtes, leicht gelocktes braunes Haar und seine männlichen Gesichtszüge mit dem Dreitage-Bart sorgten nicht nur bei ihrer Mama Anja für Herzklopfen. Am Schönsten an ihm war aber sein Lächeln und seine wundervolle Art, mit Menschen umzugehen. Er war freundlich, unglaublich sympathisch, offen und meistens gut gelaunt. Er konnte aber auch richtig gut zuhören und zeigte Verständnis für die kleinen und großen Probleme seiner Mitmenschen. Alles in allem erwies sich Andreas Meyer als regelrechter Glücksgriff für Anja und ihre beiden Kinder. Mathilda beobachtete nun den letzten „Neuankömmling" in ihrer Familie und musste lächeln. Andreas hatte, wie damals schon Doro, die Herzen aller so ziemlich im Sturm erobert. Und er tat Anja unglaublich gut. Sie sah in die Runde und ihre Gedanken machten einen ziemlich großen Schritt zurück in die Vergangenheit. Sie ließ für sich die letzten eineinhalb Jahre nochmal Revue passieren. Es war so unglaublich viel passiert…

Georg war nach seiner großen Rücken-Operation im Februar letzten Jahres in die Reha nach Bad-Tölz gefahren. Sie hatte sich jeden Freitag in ihr Auto gesetzt und war die gut vier Stunden zu ihrem Mann gefahren. Dort blieb sie meistens bis sonntags nach dem Mittagessen und fuhr dann schweren Herzens wieder heim. Dreimal war sie in Begleitung mit einer der drei Mädels gefahren und immer hatten sie ein wirklich schönes Wochenende gehabt. Trotzdem war Mathilda natürlich heilfroh, als sie ihren Georg nach sechs Wochen (anstatt der geplanten vier) wieder mit nach Hause nehmen durfte.

Der hatte in der Kur eine Gerlinde von Dannersberg kennengelernt. Zuerst dachte Mathilda noch, sie müsste ihren Georg sofort und auf der Stelle wieder nach Hause holen und ihn aus den Fängen der vermeintlichen Nebenbuhlerin befreien. Er erzählte am Telefon zum ersten Mal von ihr und Mathilda bekam am anderen Ende der Leitung Herzklopfen und einen roten Kopf vor Zorn. Am liebsten hätte sie sich ins Auto gesetzt und wäre zu ihm gefahren. Sie vermutete auf der Stelle einen dieser berühmt-berüchtigten Kurschatten. Aber sie hatte die Hoffnung, dass Georg sich bis zum Wochenende beherrschen konnte und bis dahin wenigstens die Finger von dieser Frau „von" lassen würde. Dass sie sich kolossal geirrt hatte und ihrem Mann (NATÜRLICH) Unrecht getan hatte, stellte sich dann drei Tage später heraus. Mathilda war in Anjas, Leonies und Lennox Begleitung zu ihrem Mann gefahren, wobei sie fast die gesamten vier Stunden Fahrt wutschnaubend neben Anja auf dem Beifahrersitz verbracht hatte. Als die vier endlich ankamen und Mathilda Georg mit einem energischen „WO IST DIESE FRAU??" anstatt dem üblichen, liebevollen „Hallo mein Schatz" begrüßt hatte wurde selbst Georg klar, dass seine Frau da irgendetwas wohl völlig missverstanden hatte. Er zog Mathilda wortlos am Jackenärmel in den Speisesaal, wo gerade das Mittagessen serviert wurde. An einem Tisch ziemlich weit hinten im Eck saß eine kleine, buckelige, weißhaarige alte Dame. „Mamutschka, darf ich vorstellen: Das ist Gerlinde." Mathilda sah sich heute noch vor dieser Frau stehen und augenblicklich in eine Art Ehrfurcht verfallen. Sie war klein und wirkte abgemagert, aber ihre Augen und ihre Erscheinung hatten so etwas feines, fast aristokratisches, dass Mathilda beinahe unwillkürlich einen Knicks gemacht hätte. Und diese Gerlinde von Dannersberg war mindestens 80 Jahre alt. Sogar 83, wie Georg ihr dann später verriet.

Die beiden waren sich während der Wassergymnastik über den Weg gelaufen, Georg hatte Gerlinde danach die Benutzung des Wäschetrockners erklärt. Sie waren ins Gespräch gekommen, über ihre Familien, ihren Alltag und natürlich ihre Krankheiten. Gerlinde von Dannersberg hatte, wie damals schon sein Bettnachbar Hermann im Krankenhaus, Knochenkrebs, unheilbar. Sie hatte früher gemeinsam mit ihrem Mann eine große Textilfabrik besessen, mit über 150 Angestellten . Als der dann vor fünf Jahren verstarb und weil beide keine Kinder hatten, verkaufte Gerlinde die Firma und machte sich seither ein schönes Leben. Sie reiste viel, unterstützte caritative Einrichtungen und genoss ihren Lebensabend. Als sie ein Jahr später die Krebsdiagnose erhielt, entschied sie sich gegen jegliche Behandlung und für ein selbstbestimmtes Ende. Sie fuhr fast schon regelmäßig nach Bad Tölz und ließ sich dort noch ein wenig verwöhnen. Bekam ihr Essen serviert, machte Gymnastik, wurde massiert und hatte immer nette Gesprächspartner. Sie war bei den Angestellten mittlerweile sehr beliebt und die Mit-Patienten mochten sie wegen ihrer positiven und ausgeglichen Art. An Georg hatte sie vom ersten Moment an einen besonderen Narren gefressen. Der hatte ihr so sehr von seiner Familie und seinem Leben vorgeschwärmt, dass es Gerlinde damals nicht abwarten konnte, Mathilda und die Mädchen endlich kennenzulernen. Als Georg dann im April endlich wieder nach Hause durfte hatte sich zwischen den Blomens und Gerlinde von Dannersberg eine regelrechte Freundschaft entwickelt. Mathilda und Georg hatte sie sogar ein paar Mal zu sich nach Hause eingeladen und Gerlinde bekam damals zum ersten Mal ein Gefühl dafür, wie schön ein „normales" Familienleben doch sein konnte. Ihr Leben bestand eigentlich nur aus Arbeit, Geld und gesellschaftlichem Ansehen. Sie hatte sich insgeheim so oft ein Leben gewünscht, wie die Blomens es hatten. Wo es immer jemanden gab der einen bedingungslos liebte.

Sie war vorher schon wahrlich nicht arm, aber durch den Verkauf ihrer Firma hatte sie nun völlig ausgesorgt. Jetzt aber kam sie zum ersten Mal zu der Erkenntnis, dass einem das viele Geld auch nicht wirklich gegen die emotionale und soziale „Armut" half.

Im Mai letzten Jahres ging es dann mit ihrer Gesundheit rapide bergab. Sie konnte sich kaum noch bewegen, kam an manchen Tagen gar nicht erst aus dem Bett. Sie hatte sich schon Anfang des letzten Jahres einen Platz in der Schweiz bei „Dignitas" reserviert. Seit ihrer Diagnose war für sie klar, dass ein langsames Dahinvegetieren für sie nicht in Frage kommen würde. Sie wollte selbst entscheiden können, wann es vorbei ist. Sie hatte schon immer selbstbestimmt gelebt und diesen letzten Schritt wollte sie sich von niemanden vorschreiben lassen. Eines schönen Tages im Juni telefonierte sie also ein letztes Mal mit Georg und Mathilda und verabschiedete sich. Für die Beiden war das ein unglaublicher Schock. Sie mochten Gerlinde sehr, konnten zwar ihre Beweggründe durchaus nachvollziehen, aber waren natürlich trotzdem auch unfassbar traurig. Aber sie respektierten ihren Schritt und hielten drei Wochen später einen Brief von Gerlindes Anwalt in den Händen. Neben der unpersönlich wirkenden Traueranzeige enthielt der große Umschlag ein 10-seitiges, sehr formelles Schreiben. Als Mathilda und Georg es beide zu Ende gelesen hatten, wurden sie erst leichenblass, dann hektisch rot, dann begannen sie beide zu weinen, um gleich darauf wie zwei völlig Irre zu lachen. Gerlinde von Dannersberg hatte ihnen die Hälfte ihres Vermögens vermacht. Die andere Hälfte kam wohltätigen Zwecken zugute. Nach Abzug aller Steuern und Bearbeitungskosten blieb den Blomens eine hohe sechsstellige Summe. Sie waren fast tagelang völlig sprachlos und waren zunächst noch nicht mal in der Lage, mit ihren drei Töchtern darüber zu reden. Diese Unterhaltung folgte dann erst gut eine Woche später. Und wie der Zufall es so wollte, stellte Georg im September letzten Jahres fest, dass er einen Teil des Geldes sehr gut gebrauchen konnte. Man könnte fast sagen der Himmel hätte es ihm geschickt. Wenn Mathilda heute, an ihrem Geburtstag, so darüber nachdachte, was das letzte dreiviertel Jahr hier noch passiert war und wie sich dadurch ihr aller Leben so sehr verändert hatte, musste sie unweigerlich lächeln. Und da der Rest ihrer Familie immer noch beschäftigt war, erlaubte sie sich gedanklich nochmal einen kurzen Abstecher zurück in die letzten Monate....

„Hast du gesehen, dass Alexander sein Haus verkauft?" Georg streckte seiner Frau die Zeitung über den Tisch. Beide saßen gemütlich beim Frühstück. Draußen nieselte es, es war Anfang September und der Herbst hatte Einzug gehalten. Die Blätter tanzten fröhlich im Wind und hie und da mussten sie Abends nun schon die Heizung anmachen. Heute wollten Anja und die Kinder kommen zum Äpfel runter machen. Leonie und Lennox hatten Herbstferien. Ronja hatte noch Schule, Finja und Doro waren unterwegs, die beiden würden sie erst am Wochenende wieder sehen. Mathilda schnappte sich die Zeitung und begann, laut zu überlegen. „Ich sollte Anja die Anzeige zeigen, vielleicht ist das ja eine Fügung des Schicksals." Georg sah seine Frau belustigt an. „Was heckst du denn schon wieder aus? Versuchst du schon wieder, die Göttin des Zufalls zu spielen? Lass es, so ein Heiligen-Outfit würde dir überhaupt nicht stehen meine liebe Mia." Er warf seiner Frau eine Kusshand zu und zwinkerte frech. Die rollte nur mit den Augen, verzog spöttisch die Mundwinkel und überlegte im Stillen weiter. Aber auch Georg wusste, dass sich da womöglich tatsächlich gerade eine wundervolle Chance auf einen Neuanfang für Anja bot. Aber das würden sie heute Mittag mit Anja besprechen. Immerhin hatten sie ja nun ein sehr gutes finanzielles Polster auf der Bank liegen, das machte solche Entscheidungen natürlich um einiges leichter und unkomplizierter.

„Ronja hat gestern die Unterlagen für die Zwischenprüfung im Januar bekommen. Ich bin mal gespannt was sie dort präsentieren möchte." Mathilda blätterte weiter in der Zeitung, während Georg sich ein weiteres Brötchen aus dem Korb angelte. Seit der erfolgreichen Rücken-OP und der anschließenden Reha war er wieder völlig der Alte und fühlte sich wie neugeboren. Dass er jetzt heute nachmittag aber mit seiner Tochter und seinen Enkeln auf den Bäumen rumkraxeln wollte, gefiel seiner Frau überhaupt nicht. Georg winkte ab, er fühlte sich fit wie ein Turnschuh und fast so athletisch wie Usain Bolt. Außerdem hatte er ja auch nicht vor, wie ein Affe bis hoch in die Baumkronen zu turnen, sondern wollte höchstens ein paar Stufen die Leiter nach oben zu den ersten Ästen, die voller Äpfel hingen. Er schnitt sein mittlerweile drittes Brötchen auf und schaute dann zu seiner Frau.

„Wie die Zeit jetzt verging, Wahnsinn oder? Mir kommt's vor, als hätte sie gerade erst angefangen zu lernen. Dabei ist das jetzt schon wieder über ein Jahr her. Und ich bin heilfroh, dass es ihr immer noch richtig Spaß zu machen scheint." Georg stach mit der Gabel auf dem Wurstaufschnitt herum und versuchte, eine Scheibe Salami auf sein Brötchen zu bekommen. Nach mehreren erfolglosen Gabeleinstichen nahm er kurzerhand zwei Scheiben in die Finger und platzierte sie zufrieden auf der unteren Hälfte, zwei weitere Scheiben sowie eine Scheibe Emmentaler Käse folgten. Mathilda schüttelte teils missbilligend, teils amüsiert den Kopf. Seit ihr Mann keine Schmerzen mehr hatte, war auch sein Appetit wieder zurückgekehrt. Er hatte seitdem schon wieder gute fünf Kilo zugenommen und würde wohl demnächst neue Hosen brauchen. Die neu erworbenen Backkünste seiner jüngsten Tochter taten da ihr Übriges. Georg konnte den leckeren Kuchen und Teilchen, die Ronja in schöner Regelmäßigkeit fabrizierte, kaum widerstehen. Mathilda räumte bereits ihren Teller zurück in die Küche als Georg noch entspannt vor sich hin kaute. „Wann kommen Anja und die Kinder?" fragte er seine Frau zwischen zwei Bissen. Mathilda sah auf die Uhr. Es war halb neun Uhr morgens, vor elf würden sie wohl kaum hier sein. Anja wollte Leonie und Lennox ausschlafen lassen und dann erst gemeinsam mit ihnen frühstücken. „Ich denke mal, da wird's eher Mittag werden. Gerade nieselt es ja eh noch, wenn das bis nachher nicht aufhört, könnt ihr das sowieso vergessen. Es bricht sich keiner den Hals nur wegen ein paar Gläser Apfelmus und Apfelkuchen."

Georg spülte seinen letzten Bissen mit einem Schluck Kaffee runter und trug dann seinen Teller und seine Tasse zu Mathilda in die Küche. „Aber Mamutschka, dein Apfelkuchen ist doch jede noch so große Gefahr wert." Er nahm sie in den Arm und drückte ihr einen fetten Schmatzer auf die Backe. Dann verließ er lachend die Küche, um im Hof seine erste Morgenzigarette zu rauchen. Mathilda rief ihm ein lachendes „Spinner" hinterher.

Gegen Mittag kam Anja mit den beiden Kindern. Leonie und Lennox gingen mit ihrem Opa in den Keller während Anja sich mit ihrer Mutter kurz in die Küche setzte. Die angelte sich gerade die Tageszeitung aus dem Zeitungsständer und hielt sie Anja unter die Nase. „Guck mal auf Seite 11. Da steht eine Anzeige, die dich vielleicht interessieren könnte." Anja schlug mit einem tiefen Seufzer die genannte Seite auf. Ihre Mutter hatte ja ziemlich oft grandiose Einfälle, die sich im Nachhinein dann genauso oft als grandiose Fehlentscheidungen entpuppten. Sie sah im

Augenwinkel, dass Mathilda sie beobachtete und war jetzt doch gespannt, was sie auf besagter Seite finden würde. Sie vermutete ein Angebot über ein gebrauchtes Auto oder vielleicht hatte jemand ein 36teiliges Ess-Service zu verschenken oder ähnliches. Umso erstaunter war sie dann, als sie sah, dass die Seite 11 übersät war von Immobilienanzeigen. Sie hatten die letzten Wochen immer mal darüber geredet, ob Anja nicht das Haus in Dossenheim verkaufen und sich etwas hier in der Nähe suchen wollte. Sie hatte hier ihre Freundinnen und auch schon mal auf der Rettungswache angeklopft, wie es mit einem Job aussehen würde. Eine der vielen Anzeigen, die sich über die gesamte Seite verteilten, war mit Kugelschreiber umrandet.

„Gepflegtes Einfamilienhaus zu verkaufen. Baujahr 2000, 150 Quadratmeter Wohnfläche, verteilt über zwei Etagen, ca. 1000 Quadratmeter Grundstück, vier Zimmer, Küche, Bad, Keller. Großzügige Raumaufteilung. Überall Laminat, Küche und Bad komplett neu gefliest, eigener Stellplatz für zwei Autos direkt am Haus. Kaufpreis 280.000 € VHB." Anja las und war sich immer noch nicht ganz sicher, was ihr ihre Mutter gerade damit sagen wollte. Fragend sah sie von der Zeitung hoch und sah ihre Mutter an.

Die nippte an ihrem Glas mit Wasser und tat so, als könnte sie selbiges nicht trüben. Als sie bemerkte, dass Anja offenbar ein wenig auf dem Schlauch stand, versuchte sie nachzuhelfen. „Hast du dir das Bild mal genauer angesehen?" Mathilda kannte ihre Tochter, mit Sicherheit hatte sie sich zunächst erstmal alle Anzeigen durchgelesen, ohne auf die dazugehörigen Bilder zu achten. Anja schrie vor Überraschung leise auf. „Alex verkauft sein Haus??" Sie riss die Augen auf und schlug sich die Hand vor den Mund. Mathilda lehnte sich zufrieden zurück. Jetzt schlug ihre große Stunde, als gute Nachbarin war man ja schließlich über alles immer bestens informiert.

„Also, die Nadine muss wohl über lange Zeit in eine Art Sanatorium. Und da Alexander trotzdem natürlich weiter arbeiten muss und die Kinder dann nicht versorgt wären, bleiben sie alle im Schwarzwald bei seinen Schwiegereltern. Er wird sich wohl dort ein Haus kaufen. Auf alle Fälle steht das Haus hier jetzt zum Verkauf und der Makler hat wohl auch noch keinen geeigneten Käufer gefunden." Mathilda lächelte durchtrieben. Anja starrte immer noch mehr oder weniger verdattert auf die vor ihr liegende Zeitung. Das wäre ja mal eine fast unglaubliche Fügung des Schicksals. Kurz entschlossen stand sie auf und brachte damit ihre Mutter völlig aus deren Konzept. „Wo willst du denn hin? Ich dachte, wir könnten uns darüber ein wenig unterhalten." Mathilda war völlig irritiert. Anja schob den Stuhl an den Küchentisch und ging mit den Worten „ich geh mal kurz nach-denken, ich komme gleich wieder" zur Haustür und ließ eine völlig verdatterte Mathilda zurück. Seufzend stellte sie ihr Glas zurück in die Spüle und machte sich auf die Suche nach ihrem Mann und den beiden Enkelkindern.

Anja lief in der Zwischenzeit die Straße entlang bis zu dem Haus, in dem Alexander und seine Familie gelebt hatten. Sie stand schon eine ganze Weile am Gartenzaun und ließ ihren Gedanken freien Lauf. Das Haus war schön, nicht zu groß und eigentlich perfekt geschnitten. Alexander hatte vor zwei Jahren das Dach erneuern lassen, das wusste sie. Der Garten war schön angelegt, das war zum Beispiel etwas, was sie in Dossenheim ein wenig vermisste. Dort war es fast unmöglich, sich ein schönes Außengelände herzurichten, dazu stand das Haus zu eng an den Nachbarhäusern. Hier gab es Platz und vor allem viel Ruhe. Für die Kinder wäre es ideal, außerdem wären sie so ganz nah bei ihren

Großeltern. Und Anja somit vielleicht wieder ein Stück unabhängiger. Auf der Terrasse, die Alexander hatte bauen lassen, hatte man fast den ganzen Tag Sonne, und auf den Rasen passte wunderbar eine Schaukel und ein Fußballtor. Das kleine Blumen- und Gemüsebeet machte den Garten perfekt. Sie sah sich schon mit den Kindern dort spielen und Abends mit Andreas auf der Terrasse ein Glas Wein trinken. An diesem Punkt stockte dann allerdings ihr Tagtraum. Wäre er bereit, mit ihr hierher zu kommen? Sie kannten sich eigentlich noch nicht wirklich lange, aber durch diese tiefe Vertrautheit und das gute Gefühl, das er ihr gab, fühlte es sich an wie eine Ewigkeit. Entschlossen reckte sie das Kinn nach vorne und beschloss, mit ihren Eltern zu reden. Nur, was würde dann aus dem Haus in Dossenheim werden? Und wie würden Leonie und Lennox reagieren? Und was würden ihre Schwestern dazu sagen? Vielleicht wäre es mal wieder Zeit für ein schönes Familienessen…

„Oma, was gibt's eigentlich heute zum Abendessen?" Lennox schmiegte sich von hinten an Mathilda und legte die Arme um sie. Er riss sie mit seiner Frage aus ihren Gedanken und holte sie zurück in die Gegenwart. Was war denn heute bloß los mit ihr, dass sie ständig mit den Gedanken woanders war? Vielleicht lags ja an ihrem Geburtstag, der sie heute so nachdenklich machte. Sie strich Lennox über die Arme und lächelte. „Heute gibt's Pizza für alle. Wenn du magst, kannst du mir nachher helfen, sie zu belegen." Im gleichen Moment hätte sie sich am liebsten auf die Zunge gebissen. Lennox war ein fast zehnjähriger Junge, der wollte bestimmt nicht seiner Oma in der Küche helfen. Aber Lennox antwortete ganz entspannt: „Oh Pizza, super. Ja, kann ich gerne tun." Er setzte sich wieder neben Andreas und würfelte. Die ersten Monate nach der Trennung seiner Eltern waren für ihn schwierig. Er war sogar ganz am Anfang manchmal ein wenig böse auf seine Mutter gewesen. Das hätte er ihr aber niemals gesagt. Mit der Zeit begann er aber immer mehr zu verstehen, warum Anja diesen Schritt gegangen war und wandte sich immer ein kleines Stückchen mehr von seinem Vater ab. Und er wurde zugänglicher. Solche Reaktionen, wie die gerade eben hätte man vor ungefähr einem Jahr noch nicht von ihm bekommen. Leonie strahlte ihre Oma an.

„Darf ich auch helfen?" Mathilda zwinkerte.

„Du MUSST sogar helfen, wer knetet mir denn sonst den Teig?" Leonie ließ glücklich die dünnen Beinchen baumeln und wandte sich wieder dem Spiel zu. Mathilda begann, den Kaffeetisch abzuräumen. Sofort riefen Ronja, Doro und Georg: „Warte, wir helfen dir!", aber Mathilda winkte ab. Zu Georg sagte sie: „Du willst ja sowieso nur helfen weil du siehst, dass du gleich verlierst. Lasst mal, das bisschen mach ich schnell alleine." Sie wollte noch ein paar Minuten Ruhe, bevor sie an die Vorbereitung des Abendessens ging. Und bei der Küchenarbeit ließ es sich nun mal wunderbar nachdenken. Und schon war sie wieder gedanklich an dem Punkt, an dem sie vorhin aufgehört hatte…

Eineinhalb Jahre vorher….

„Ich habe nachgedacht!" Anja ließ sich auf die Couch neben ihren Vater fallen. Der hatte mit Leonie und Lennox mittlerweile zwei Apfelbäume abgeerntet und streckte jetzt behaglich die Beine von sich. Mathilda hatte sich eine Schürze umgebunden und begann, die ersten Äpfel zum Einkochen vorzubereiten. Jetzt kam sie mit dem Messer in der Hand aus der Küche und lehnte sich abwartend an den Türrahmen. Georg war noch nicht ganz auf dem neuesten Stand und blickte zunächst etwas ahnungslos von seiner Tochter zu seiner Frau. „Geht es um das Haus?" Mathilda war nun gespannt wie ein Flitzebogen und setzte sich auf einen der Esszimmer-Stühle. Georg dachte kurz nach und meinte dann: „Ach so, deine Mutter hat dir heute morgen also die Anzeige unter die Nase gerieben. Und, was hälst du davon?" Anja rieb sich die Hände und erzählte von ihrem Plan.
Vier Monate später stellte Anja die letzte Umzugskiste in den Keller ihres neuen Hauses. Nach einem mehrtägigen Familienrat und vielen Gesprächen mit Notaren, dem Makler und nicht zuletzt auch Alexander, hatten Mathilda und Georg das ehemalige Haus von

Alexander für Anja und die Kinder gekauft und sogar noch 30.000 € runter handeln können. Anja wollte über die nächsten Jahre hinweg die Hälfte der Kaufsumme an die Eltern zurückbezahlen, die andere Hälfte wurde als Schenkung deklariert. Ronja und Finja bekamen die gleiche Summe als Depot angelegt. Die beiden waren damit mehr als zufrieden, gerade Ronja würde in den nächsten Jahren so viel Geld erstmal gar nicht brauchen. Und wenn, dann stand ihr nun ein ordentliches Polster zur Verfügung.

Das Haus in Dossenheim, das auf Anjas Namen lief wurde vermietet. Und zwar an Finja und Doro. Finja hatte mittlerweile ihren Abschluss als Visagistin und Make-up-Artist bestanden und verdiente gutes Geld. Sie und Doro hatten feste, gemeinsame Zukunftspläne und waren glücklich in ihrer ersten gemeinsamen Bleibe. Lennox konnte zum zweiten Halbjahr die Schule wechseln und das letzte halbe Jahr vor der Realschule noch hier in Wald-Michelbach in die Schule gehen. Und Leonie kam sowieso erst im Sommer in die Grundschule. Anja würde im Februar auf der Rettungswache als Praxis-Anleiterin anfangen zu arbeiten, mit einigermaßen festen Arbeitszeiten. Und Andreas würde Anfang des folgenden Jahres mit zu ihnen ziehen.

Leonie und Lennox waren sofort hellauf begeistert. Zum einen vom Haus und zum anderen von der Tatsache, ab jetzt jederzeit zu Oma Mathilda und Opa Georg gehen zu können. Am Tag sogar alleine, der Weg war nicht weit. Sie würden natürlich trotzdem weiterhin ihren Vater und auch Oma Else und Opa Jürgen regelmäßig sehen können. Sie waren alle mit der Situation sehr glücklich und zufrieden. Reiner hatte zwar die Anfangszeit immer mal wieder etwas deswegen zu stänkern und zu motzen, aber das interessierte Anja eher weniger. Sie wäre damals schon nach der Hochzeit lieber eher hier in der Nähe von Wald-Michelbach geblieben, und war nur Reiner zuliebe nach Dossenheim gezogen. Dass sie jetzt wieder zurück konnte, in ihre alte Heimat, versetzte sie in eine Art Glücksrausch. Finja und Doro fühlten sich in Dossenheim sehr schnell heimisch. Sie waren nun beide fast zentral, was ihre Arbeitsplätze betraf. Finja hatte seit ein paar Monaten eine feste Anstellung in einer Agentur in Mannheim und Doro überlegte, ihr Nagelstudio in das Haus in Dossenheim zu integrieren. Drei Räume waren bisher noch völlig ungenutzt, da ließe sich bestimmt etwas Schönes daraus machen. Sie hatte seit ein paar Jahren einen ziemlich festen Kundenstamm und durch intensive Werbung und sehr positive Mundpropaganda waren in den letzten Monaten noch ziemlich viele neue Kundinnen hinzu gekommen.

Immer öfter verirrte sich sogar mal ein Mann zu ihr, wenn er Wert auf gepflegte Nägel legte. Wenn sie jetzt noch keine Miete mehr für ihr bisheriges Nagelstudio in Weinheim bezahlen müsste, wäre das eigentlich perfekt. Sie und Finja beratschlagten einige Wochen, dann stand fest: Doro würde ab jetzt quasi von Zuhause aus arbeiten. Sie kündigte ihren Mietvertrag in ihrem alten Studio in Weinheim (und sparte damit schon mal eine Menge Geld), dann richtete sie sich Lennox altes Kinderzimmer als Studio ein. Drei Monate später stand im Vorgarten ein großes Schild „GROSSE WIEDERERÖFFNUNG! Doro`s Lacky Nails".   Bei dem Wort „Lacky" stand an Stelle des „a" zunächst ein „u", also „Lucky". Das wurde durchgestrichen und mit einem handgeschrieben „a" darüber ergänzt. Finja war zunächst etwas verwirrt und konnte mit Doros Idee überhaupt nichts anfangen. Als sie aber dann den fertigen Entwurf sah wusste sie, auf was ihre Freundin da hinaus wollte. Das Wort „Lucky" vereinte somit zwei völlig passende Attribute: Zum einen das Wort „Glück" und durch das darübergeschriebene

„a" wurde es gleichzeitig zu „Lack", also Nagellack. Und als dieses Wortspiel sogar Georg und Mathilda sofort verstanden war klar: DAS war Doros neues Logo. Und das Studio lief hervorragend. Zusammen mit den Einnahmen aus ihren Model-Jobs steuerte sie locker die Hälfte der Miete bei und Finja und sie führten von da an ein sehr behagliches Leben.

Nachdem die beiden älteren Schwestern gut versorgt waren, wurde beschlossen, Ronja im ersten Stock des Elternhauses einen kleinen Bereich auszubauen. Sie bekam Anjas altes Zimmer dazu. Georg entfernte eine Zwischenwand und schaffte somit einen relativ großen Wohnbereich. Ein Vorhang-Schiebesystem trennte nun den Schlafbereich von dem neu entstandenen kleinen Wohnzimmer. Außerdem hatten die Eltern eine Firma engagiert, die Finjas altes Zimmer kurzerhand in ein kleines Bad für Ronja umwandelten. So hatte sie von nun an ihren eigenen kleine Bereich, den sie sich nach ihren Wünschen gestaltete und einrichtete. Sollten Finja und Doro mal wieder über Nacht hier in Wald-Michelbach bleiben wollen, konnten sie das ja ab jetzt auch bei Anja im Haus. Auf die Art und Weise hatte sich innerhalb eines Jahres das Leben der Blomens also eigentlich fast grundlegend verändert. Und jeder fühlte sich mit diesem neuen Leben und den Gegebenheiten wirklich wohl.

Ein Dreiviertel Jahr nach den ganzen Umzügen, Umbauten und Veränderungen, legte Ronja ihre Zwischenprüfung als Konditor-Lehrling ab. Sie war nun seit fast zwei Jahren ein fester Bestandteil des Teams von „Gittis süßer Schmiede", einer Konditorei im Ortskern von Wald-Michelbach, und hatte dort nicht nur ihren Beruf sondern wahrlich ihre Berufung gefunden. Die Arbeit machte ihr nach wie vor unglaublich viel Spaß und mit ihren Kolleginnen verstand sie sich super. Gitti Winkler, ihre Chefin, Horst, deren Mann und Thomas, der Sohn von beiden und Ronjas zweiter Chef, waren alle sehr zufrieden mit Ronjas Leistung, ihrem Arbeitseifer und ihrem Enthusiasmus. Nichts wurde ihr zu viel, sie stand so gut wie jeden Morgen gut gelaunt in der Backstube. Sie saugte jede noch so kleine Möglichkeit, etwas Neues zu lernen, auf wie ein Schwamm und durfte mittlerweile sogar schon kleinere Aufträge selbst bearbeiten. Also mal eine kleine Ladung Blechkuchen oder Hefeteilchen für einen Geburtstag zum Beispiel. Sie entwickelte eine unglaubliche

Kreativität, wenn es um die Gestaltung von Kuchen und Torten ging, auch wenn das noch nicht wirklich in ihren Arbeitsbereich fiel. Gitti ließ sie gewähren und unterstützte Ronja in ihrem Tun. Die Zwischenprüfung legte sie wie erwartet mit Bravour ab. Sogar als eine der Jahrgangsbesten. Sie hatte sich für eine Fruchtsahnetorte mit frischem Obstdekor und einem Spruchband, sowie für einen Wiener Boden und einen Strudel als Prüfungsstücke entschieden. Für alles hatte sie maximal vier Stunden Zeit. Die Torte wurde dabei zu ihrem Meisterstück, sie gelang ihr hervorragend. Der Strudelteig war eine Idee zu dick geraten und brachte ihr von daher einen kleinen Punkt Abzug. Dafür war der Wiener Boden dann wieder so, wie sie sich ihn erhofft hatte. Luftig locker und perfekt zum Weiterverarbeiten für die Fruchtsahnetorte. Alles in allem war die Zwischenprüfung somit ein voller Erfolg und Ronja konnte, wenn es weiterhin so gut lief, in einem Jahr ihre Gesellenprüfung ablegen und war damit ihrem Traum wieder ein gutes Stück näher...

Mathilda holte sich endgültig wieder zurück in die Gegenwart und zu ihrem heutigen 58. Geburtstag. Sie stellte das Geschirr in die Spülmaschine und trocknete sich die Hände an einem Geschirrtuch. Nebenan hörte sie ihre Familie lachen. Greta kam zu ihr in die Küche und sah sie an. „Alles gut bei dir, Liebes?" Seit sie wieder aus Australien zurück war schätzte sie die Freundschaft mit Mathilda umso mehr. So gut, wie es ihr dort auch gefallen hatte. Sie konnte aufgrund ihrer doch deutlichen Sprachbarrieren nicht wirklich Kontakt zu irgendjemandem aufbauen und war überwiegend mit den drei Kindern der Ritters beschäftigt. Zu gerne hätte sie sich in diesen vier Monaten immer wieder mal mit Mathilda auf einen Schnack und einen Kaffee getroffen. Das Einzige, was ihr neben dem Umgang mit den Kindern richtig viel Spaß machte waren die Ausflüge in die unglaublich schöne Landschaft Australiens. Bei einem dieser Ausflüge lernte sie Jack kennen. Der betreute eine Krankenstation für verletzte oder verwaiste Koalas. Diese Tiere hatten es Mathilda besonders angetan. Sie waren unglaublich süß und einer davon, ein noch sehr junger Koala, wurde über die Zeit, in der sie dort war, sogar richtig zutraulich. Sie nannte ihn „Pangari". Sie hatte sich von Jack eine Liste mit schönen australischen Namen und deren Bedeutung geben lassen. Und der Name „Pangari" bedeutete „Seele". Von daher fand sie ihn unglaublich passend, weil man das Gefühl bekam, der Koala würde einem mit seinem sanften Blick direkt in die Seele blicken. Kurzerhand übernahm sie die Patenschaft für dieses süße Fellbündel und war seitdem die „Tante von Koala Pangari".

Mathilda dachte erst, Greta wollte sie komplett veräppeln, als diese nach ihrer Rückkehr das erste mal wieder bei ihr im heimischen Wohnzimmer saß und Mathilda stolz die Bilder ihres „Patenkindes" zeigte. Aber Greta war so glücklich, dass Mathilda gar nicht anders konnte, als sich mit ihr zu freuen. Und sie versprach, irgendwann mal mit Greta nach Australien zu fliegen um „Pangari" zu besuchen. Greta hatte außerdem für die Frauen der Familie Blomen jeweils einen kleinen Opal als Kettenanhänger mitgebracht. Für diese Steine war Australien weltberühmt, und einer war schöner als der andere.

Mathilda war trotzdem heilfroh, als Greta nach diesen langen vier Monaten endlich wieder daheim war. Ihre Freundin hatte ihr sehr gefehlt. Vor allem, weil sie ja zu diesem Zeitpunkt fast völlig alleine zuhause war. Georg war in Kur, die Mädels arbeiteten und die Enkel hatten Schule. Sie hatte also das Gefühl, dass nun erst seit gut drei Monaten wieder etwas mehr Ruhe einkehrte. Und sie genoss es sehr, dass Anja und die Kinder wieder in ihrer Nähe waren. Alles in allem war Mathilda sehr zufrieden und wirklich glücklich. Sie drehte sich zu Greta um. „Ja, alles wunderbar." Sie lächelte ihre Freundin fröhlich an. „Ich habe nur gerade überlegt, ob ich schon mal anfange, die Zutaten für die Pizza zu schneiden. Oder ob ich mich einfach noch ein bisschen mit an den Tisch setze und Georg beim Verlieren zusehe." Sie warf einen Blick ins Esszimmer, wo ihr Mann gerade mit Schwung den Würfel aufs Spielbrett feuerte. Offenbar hatte er einen guten Wurf erzielt, jedenfalls grinste er breit und kickte Andreas Spielfigur mit einem lauten „Ha" vom Feld. Sie flog durchs halbe Esszimmer und Lennox sprang auf, um sie wieder einzusammeln. Andreas sah Georg feixend an. „Du glaubst doch nicht ernsthaft, nur weil du jetzt EINMAL eine von meinen Figuren rausgehebelt hast, dass du dann gewinnst, oder?" Er tätschelte ihm fast gönnerhaft die Hand. „Du darfst aber nochmal, immerhin hast du ja eine sechs gewürfelt." Georg knurrte. „Du solltest mich tunlichst gewinnen lassen, wenn du dich weiterhin mit meiner Tochter treffen

möchtest." Er blitzte ihn an und würfelte gleichzeitig. Dann schob er seine Spielfigur vier Felder weiter und gab Leonie den Würfel. „Komm mein Schatz, denen zeigen wir, was es heisst, sich mit Blomens anzulegen." Leonie würfelte und beförderte, ohne mit der Wimper zu zucken, die letzte sich noch im Spiel befindliche Figur ihres Opas kurzerhand zurück an den Anfang. Nun hatte dieser wieder alle vier Figuren im Haus stehen. Er blinzelte ungläubig und schüttelte dann gespielt empört den Kopf. „Mamutschka, schau dir das an. Verräter, allesamt. Ein paar Häuser weiter hinten scheint wohl die Luft arg dünn zu sein." Der ganze Tisch hatte zum Schluss dem Schlagabtausch gespannt zugesehen und musste nun lachen. „Na ganz toll, dann also wieder ganz von Anfang. Mit mir kann man`s ja machen."
Mathilda setzte sich und strich im liebevoll über den Rücken. „Du hast doch mich, das sollte dir als Gewinn absolut reichen." Georg sah seine Frau an und zuckte spielerisch mit den Augenbrauen. Leonie prustete los und Lennox verdrehte die Augen. Greta setzte sich neben Mathilda. Finja und Anja unterhielten sich gerade über den Garten in Dossenheim. Doro hatte vorgehabt, dort einen kleinen Pavillon aufzustellen. Sie hatten bisher eher

nur sporadischen Kontakt mit den Nachbarn gehabt und Doro hatte die Idee, das mit einem kleinen Gartenfest zu ändern. Auch wenn der Garten wahrhaftig nicht der Größte war. Greta hatte Anja beobachtet und beugte sich nun rüber zu Mathilda. Sie raunte ihr ins Ohr: „Sag mal, findest du nicht, dass Anja etwas blass um die Nase wirkt? Und sie sieht ziemlich müde aus. Ist alles gut bei ihr?" Mathilda hatte die ganze Zeit über schweigend den Gesprächen rund um den Tisch zugehört und befand sich in einer sehr passiven, aber äußerst zufriedenen Grundstimmung. Jetzt, nach Gretas Worten, hob sie den Kopf und betrachtete ihre Älteste etwas genauer. Stimmt, Greta hatte Recht. Anja sah erschöpft aus, sie hatte Ringe unter den Augen und sie wirkte fahrig und unkonzentriert. Mathilda seufzte innerlich tief auf. „Bitte lass einmal alles in Ordnung sein und einfach nur seinen Gang gehen", mit nach oben gerichteten Augen schickte sie ein Stoßgebet Richtung Himmel. Sie hatte überhaupt keinen Nerv mehr für weitere Katastrophen oder Probleme, so wie es jetzt war, so sollte es bleiben.

Ronja erzählte Finja gerade völlig enthusiastisch von ihren noch sehr weit entfernten Zukunftsplänen. „Irgendwann, liebe Nana, werde ich meine eigene kleine Konditorei eröffnen. Und dann spezialisiere ich mich auf Schokolade, mit allem was dazugehört." Finja legte fragend den Kopf zur Seite. „Wie kommst du denn ausgerechnet auf Schokolade?" Ronja sprang von ihrem Stuhl auf, rief „warte mal kurz…" und flitzte hoch in ihr Zimmer. Kurze Zeit später kam sie mit einem dicken Buch in der Hand zurück. Schwer atmend ließ sie sich wieder neben Finja auf den Stuhl fallen. „Puh, mit meiner Kondition steht's auch nicht mehr zum Besten. Hier guck mal." Sie schlug das Buch auf und schob es Finja hin. Die warf einen Blick hinein und bekam auf der Stelle Gelüste. Dort waren die unglaublichsten Schokoladen-Kreationen abgebildet, in allen erdenklichen Formen und Sorten. Pralinen, Bruchschokolade, Trüffel, Figuren, Aufstriche, Riegel, Tafeln, mit Alkohol, ohne Alkohol, mit Früchten, Nüssen und Keksstückchen…. Finja lief das Wasser im Mund zusammen. Sie fragte Ronja beim Durchblättern: „Ich dachte du lernst Konditorin, was genau bringt dich denn jetzt auf Schokolade?" Ronja trank einen Schluck, dann lehnte sie sich bequem zurück. „Nun, im dritten Lehrjahr fangen wir an mit Schokolade zu arbeiten. Das heißt, wir stellen eigenhändig Pralinen und auch mal Trüffel und so her. Da ich mich im Vorfeld schon mal genau erkundigen wollte, wie das so abläuft, habe ich mir dieses Buch gekauft. Ich habe mich nächtelang durch die verschiedensten Schokoladensorten und Herstellungsarten gewälzt und irgendwann stand für mich fest: DAMIT will ich arbeiten. Du hast mit Schokolade so unglaublich viele Möglich- keiten. Du kannst soviel dazumischen, formen, kreieren... da steht dir quasi die ganze Welt der süßen Sünden offen." Ronja bekam rote Wangen vor Eifer als sie darüber sprach, gleichzeitig fiel Finja der absolute Wille und Ernst auf, den ihre kleine Schwester bei dem Thema „Schokolade" an den Tag legte. Also hakte sie nochmal genauer nach. „Das heißt, du willst eine Art „Chocolatier" werden?" Ronja schlug vor Begeisterung die Hände zusammen. „Jaaa, genau so was schwebte mir eigentlich vor. Ich muss natürlich zuerst meine Ausbildung beenden. Dann kann ich eine Ausbildung zur „Chocolatiere" dranhängen, dafür müsste ich aber erst noch genauer erkundigen, wo ich das hier in Deutschland machen könnte. Bisher weiß ich nämlich nur von Belgien. Und zwei Jahre in ein fremdes Land? Das steht noch nicht wirklich auf meiner Agenda. Und Mama wäre mit Sicherheit auch wenig begeistert von dem

Plan." Finja nickte. Ihre Eltern waren zwar in allem überaus tolerant, aber dass sie ihr Nesthäkchen für zwei Jahre in die Fremde gehen lassen würden war eher unwahrscheinlich. Und außerdem hatte Ronja ja auch noch knapp eineinhalb Jahre Lehre vor sich. Finja ging mit Doro ein wenig raus, frische Luft schnappen, während Ronja sich neben Anja setzte. „Du siehst aus wie ausgekotzt, geht's dir nicht gut?" Anja sah Ronja grimmig von der Seite an. „He, sag mal, zügel mal ein wenig deine Ausdrucksweise. Und nein, mir geht's irgendwie nicht wirklich gut. Ich bin müde und habe Kopfschmerzen, außerdem ist mir unglaublich schwindelig." Mathilda sah ein wenig besorgt über den Tisch zu Anja hinüber. „Magst du dich vielleicht ein wenig hinlegen bis wir essen? Vielleicht geht es dir ja danach wieder besser." Sie lächelte ihr aufmunternd zu. Anja stand auf. „Ja, ich glaube das mache ich tatsächlich." Sie ging um den Tisch zu Andreas, der gerade einen triumphalen Sieg beim „Mensch ärgere Dich nicht" errungen hatte. Sofort stand er auf. „Alles ok mein Schatz?" Anja schüttelte den Kopf. „Nein, ich gehe hoch und lege mich ein wenig hin. Mama hat Recht, vielleicht wird's danach besser." Andreas gab ihr einen besorgten Kuss auf die Stirn und sagte noch: „Wenn ich dir etwas

Gutes tun kann dann sag Bescheid." Anja lächelte und schlich dann müde in den ersten Stock. Unten setzte sich Andreas wieder neben Georg. „Was hat sie denn?" Georg sah Andreas fragend an. Der zuckte nur mit den Schultern. „Ich habe keine Ahnung, die letzten paar Tage hat sie das öfter. Ich habe ihr schon gesagt, wenn das nicht besser wird, sollte sie vielleicht mal zu einem Arzt gehen." Mathilda war in der Zwischenzeit schon wieder in der Küche und band sich ihre Schürze um. Dann rief sie ins Esszimmer: „Wer will mir mit der Pizza helfen?" Leonie sprang sofort auf und rannte in die Küche. Lennox stand ebenfalls auf, er mochte es zwar nicht zugeben, aber er freute sich darauf, seiner Oma beim Schnippeln helfen zu dürfen. Die Geschwister wuschen sich beide die Hände in der Spüle, dann begann Mathilda, die Zutaten auf den Küchentisch zu räumen. Salami-Scheiben, Kochschinken, Ananas, Pilze und abgetropften Thunfisch. Sie wollte mindestens vier große Bleche machen. Dann drückte sie Lennox ein Messer in die Hand. „Aber schön vorsichtig mein Junge, schneide dich bitte nicht." Lennox wollte eigentlich schon wieder mit den Augen rollen, besann sich aber eines Besseren. Er wusste, dass sich seine Oma Sorgen machte und es nicht böse meinte. Gewissenhaft begann er, alles in Stücke zu schneiden und in die bereitgestellten Schüsseln zu verteilen. In der Zwischenzeit war Ronja dazugekommen und fragte ihre Mutter: „Soll ich schnell den Hefeteig machen oder machst du das?" Mathilda hätte beinahe laut losgelacht. Seit ihr jüngster Spross im Backgewerbe tätig war, war sie kaum noch zu bremsen. Und weil Mathilda wusste, wie glücklich Ronja war, wenn sie zeigen konnte, was sie gelernt hatte, schob sie ihr das Mehl und die Hefe hin und meinte: „Oh ja, mach du mal. Leonie hilft dir dann beim Teig kneten. Ich glaube, ich setze mich einfach zu euch und gönne mir ein schönes Gläschen Sekt." Ronja häufte sich die Zutaten für den Pizzateig auf den Küchentisch und begann, ihn mit gleichmäßigen Bewegungen durchzukneten. Dann teilte sie den Teig in vier gleich große Portionen und legte Leonie eins vor die Nase. „So Zwiebel, jetzt noch mal richtig kräftig kneten, wie deine bunte Knete, mit der du immer so tolle Figuren machst." Leonie schnappte sich den Teigklumpen und begann, ihn mit ihren kleinen Händen zu bearbeiten. Vor lauter Eifer und Anstrengung kniff sie die Lippen zusammen, im nächsten Moment ließ sie ihre Zungenspitze von einem Mundwinkel zum anderen flitzen. Sie war völlig bei der Sache und hatte ziemlichen Spaß. Ronja hatte zwischenzeitlich ihre drei Teigkugeln auf Bleche verteilt und begutachtete nun Leonies Werk. „Das hast du super gemacht. Wir formen das jetzt noch zu einer Kugel und du legst sie auf das Blech zu der anderen. Dann müssen wir ein bisschen warten bis die Kugeln mindestens doppelt so dick geworden sind." Ronja strich ihrer Nichte liebevoll über die Haare und die schmiegte sich kurz an sie. Mathilda bekam bei dem Anblick direkt feuchte Augen. Ronja liebte Anjas Kinder sehr und konnte wunderbar mit ihnen umgehen. Bestimmt würde sie später irgendwann mal eine tolle Mutter werden. Und man merkte ihr an, wie sehr sie in ihrem Element war, wenn es um Teige und ähnliches ging. Mathilda war in diesem Augenblick unglaublich stolz auf ihre Jüngste. Lennox hatte mittlerweile seine „Schnippeltätigkeit" beendet und sah fragend in die anwesende Frauenrunde. „Wie geht's denn jetzt weiter? Soll ich noch irgendetwas schneiden oder kann ich an den Nintendo?" Mathilda musste schmunzeln. Lennox wurde nächsten Monat zehn Jahre alt, sein Interesse an Küchenarbeit war definitiv nicht sonderlich ausgeprägt. Sie hatte sich sowieso schon gewundert, dass er freiwillig mithelfen wollte. „Nein, das war es jetzt erst mal. Wir müssen den Teig später nur noch belegen, das schaffen wir zur Not auch ohne dich. Aber danke, dass du geholfen hast." Sie strahlte ihn an. Lennox brummte ein nuscheliges „Bitte, gern geschehen" in seinen noch nicht vorhandenen Bart und verzog sich mit seiner kleinen Spielekonsole auf die Couch. Georg hatte sich und Andreas in der Zwischenzeit ein Bier aufgemacht und beide Männer waren in ein Gespräch über die noch anstehenden Umbaumaßnahmen in Anjas Haus vertieft. Greta hatte sich zu Finja und Doro gesellt, die in der Zwischenzeit wieder zurück am Tisch waren. Mathilda überlegte kurz, zu wem sie sich setzen sollte, und entschied sich dann für ihren Mann und Anjas Freund. Mit Greta würde sie im Laufe der Woche nochmal in Ruhe plaudern können. Sie sah auf die Uhr. Ute und Roland, ihre Nachbarn und Freunde, wollten noch vorbeischauen und Lena hatte auch noch ihr Kommen angekündigt. So ganz langsam wurde Mathilda wieder innerlich ruhiger, die seltsamen Gefühle von vorhin waren fast völlig verschwunden. Einzig um Anja machte sie sich noch Sorgen. Hoffentlich war sie nur überfordert mit den Ereignissen der letzten Zeit und hatte nichts Ernstes. „Wir wollten die Wand zwischen Küche und Esszimmer rausreißen um dort einen großen

Koch- und Essbereich zu schaffen. Außerdem bauen wir das Gästezimmer zum Büro um, so kann Anja zwischendurch auch mal von zuhause aus arbeiten. Ende Juni kommt der Rollrasen für den oberen Gartenabschnitt und das obere Bad für die Kinder wollten wir eigentlich auch noch in Angriff nehmen." Andreas nahm einen großen Schluck aus seiner Flasche und seufzte: „Gibt noch ganz schön was zu tun, aber das Haus hat echt Potenzial. Und es macht richtig viel Freude das alles mit Anja zu planen und umzusetzen." An seinen Worten und an seinem Blick merkte man, wie sehr er diese Frau liebte, die ihm der Zufall vor fast zwei Jahren vor seinen Schreibtisch gewirbelt hatte. Georg prostete ihm zu. „Ihr macht das schon, und wenn ihr Hilfe braucht sind wir für euch da." Georg mochte Andreas von Anfang an, er war so ganz anders als Reiner. Offen, lustig, sympathisch, er scheute sich vor keiner Arbeit und man hatte das Gefühl, als würde er schon immer mit dazu gehören. Georg wusste, dass seine Mia genauso dachte. Bei Andreas war Anja sie selbst, etwas was sie mit Reiner nie hatte sein können. Es klingelte und Ronja lief zur Haustür. Lena hatte ihr vor einer halben Stunde geschrieben, dass sie demnächst kommen würde. Sie hatte sich noch für eine

Klausur vorbereiten müssen. Mittlerweile studierte die 20jährige Medizin in Darmstadt und kellnerte zwischendurch in einem Lokal drei Ortschaften weiter. Sie hatte sich in Darmstadt im Studentenwohnheim einquartiert und war meistens nur an den Wochenenden in Wald-Michelbach. Und dann auch nicht an jedem. Ihre Mutter Karin war nach wie vor ein wahres Vorbild an „Männerverschleiß", ständig zog irgendein anderer Kerl bei ihr ein und ziemlich schnell wieder aus. Auf die Art und Weise war sie wenigstens nie alleine. Lena war das alles mittlerweile ziemlich egal. Solange ihr Zimmer frei war, wenn sie nach Hause kam konnte ihre Mutter in dem Haus tun und lassen, was sie wollte. Lena hatte ja damals ziemlich viel Geld in die Renovierung einzelner Räume gesteckt. Seitdem passte ihre Mutter wenigstens einigermaßen darauf auf, dass es nicht wieder so aussah wie noch vor zwei Jahren. Ronja und Lena hatten weiterhin sehr regelmäßigen Kontakt, auch wenn sie sich durch die Entfernung und die jeweiligen Arbeitszeiten ziemlich selten sahen. Heute hatte es wunderbarerweise mal wieder geklappt, und strahlend schloss Ronja ihre beste Freundin an der Haustür in die Arme. „Toll, dass du es heute geschafft hast. Wie lange bist du jetzt hier?" Ronja schloss die Haustür und Lena hängte ihre Jacke auf einen Bügel an der Garderobe im Flur. „Bis übermorgen, dann muss ich wieder zurück nach Darmstadt. Am Montag ist die Klausur. Wenn du also magst, können wir morgen etwas zusammen unternehmen." Sie grinste. Die Touren der beiden Mädels waren mittlerweile fast schon legendär. Meistens gingen sie zeitig morgens aus dem Haus, um irgendwann spät abends wieder aufzutauchen. Sie gingen zusammen frühstücken, bummeln, shoppen, ins Kino, schwimmen oder Rad fahren. Und sie flirteten. Beide waren noch solo, der Richtige war bisher einfach noch nicht dabei. Was jetzt aber weder Ronja noch Lena wirklich schlimm fanden. Sie genossen ihr Leben, auch ohne Männer. Selbst Lena, die früher allem hinterher jagte, was nicht bei drei auf dem Baum war, war in den letzten Monaten ruhiger und besonnener geworden. Sie war sich sicher, dass schon irgendwann der passende Mann ums Eck kommen würde. Ronja sah das Ganze sowieso äußerst gelassen. Nach dem Desaster mit Nico während ihrer (zugegebenermaßen ziemlich kurzen) Ausbildungszeit als Kinderkranken- schwester hatte sie von Männern die Schnauze erst mal gestrichen voll.

Sie widmete sich lieber voll und ganz ihrer Ausbildung und ihrer Familie. Dass ihre älteste Schwester mit den Kindern jetzt wieder ganz in der Nähe war, fand sie großartig, und dass sie vielleicht bald einen neuen Schwager bekommen würde sowieso. Überhaupt lief gerade alles fast erschreckend gut.

„Hallo zusammen." Lena winkte im Esszimmer in die Runde. „Wo ist denn Mia?" Suchend sah sie sich um. Finja antwortete ihr: „Unsere Mutter ist gerade eben in die Küche, sie hat wohl Angst, wir würden allesamt verhungern." Lena grinste, sie kannte Mathildas Leidenschaft, für das leibliche Wohl aller zu sorgen, zur Genüge. Dann holte sie Mias Geschenk aus ihrer Tasche und machte sich auf den Weg Richtung Küche. „Herzlichen Glückwunsch und alles Liebe zum Geburtstag liebe Mia." Sie umarmte Mathilda ganz fest und drückte ihr dann das kleine Päckchen in die Hand. „Ach Lena, wie schön, dass Du es geschafft hast. Du kommst gerade richtig, in einer halben Stunde gibt's Pizza. Kommt Kinder, setzt euch doch ins Esszimmer zu den anderen, ich mach das bisschen hier schnell alleine." Ronja zog Lena mit sich und drückte sie auf einen der noch leeren Stühle. Lena schaute sich in der Runde um. „Wo ist denn Anja abgeblieben?" Ronja deutete nach oben. „Die hat sich ein wenig hingelegt, irgendwie geht's ihr wohl nicht so gut. Guck mal, ich muss dir unbedingt etwas zeigen!" Sie zog das Buch „die hohe Kunst der Chocolaterie" zu sich her und fing an, Lena in ihre hochgesteckten Zukunftspläne einzuweihen.

Als später noch Roland und Ute, die Freunde von Mathilda und Georg hinzukamen, war die Runde komplett, und der Abend wurde noch lang und ziemlich feucht-fröhlich. Für alle... bis auf Anja.

„Guten Morgen, mein Schatz! Wie hast du geschlafen?" Andreas legte seine Zeitung beiseite und stand auf, als Anja völlig verschlafen in die Küche kam. Sie rieb sich über die Augen und ließ sich auf den nächstbesten Stuhl fallen. „Oje, immer noch nicht besser? Du siehst auch nicht wirklich gut aus." Anja funkelte ihn böse an. „Ach, nicht? Wieso sitzt du dann hier in meiner Küche und nicht bei Miss Germany auf der Couch??" Andreas hob abwehrend seine Hände. „Ui, da ist aber jemand auf Krawall gebürstet. Hast du deine Tage oder was?" Jetzt schnaubte Anja wie ein Pferd und fauchte: „Nein, ich kann auch ohne absterbende Gebärmutterschleimhaut ausgesprochen giftig werden, wenn man mich nervt!" Andreas trat den Rückzug hinter seiner Zeitung an und zog den Kopf ein. So dermaßen gereizt kannte er seine Freundin eigentlich gar nicht. Außerdem war sie immer noch genauso blass wie gestern auf Mathildas Geburtstag. Anja machte sich an der Kaffeemaschine zu schaffen und setzte sich dann zu Andreas an den Küchentisch. Sie pustete in die Tasse und nahm einen Schluck. „Bäh, sag mal, hast du da andere Bohnen rein oder warum schmeckt der so seltsam?" Andreas lugte hinter seinem Sportteil hervor. Dann nahm er seine Tasse, roch daran, probierte und meinte dann schulterzuckend: „Keine Ahnung was du hast, der schmeckt doch wie immer." Anja fing an zu grübeln, dann wurde ihr zuerst kalt und gleich drauf ziemlich heiß. Sie fing an zu rechnen und schob dabei nervös ihre Tasse auf dem Tisch hin und her. Andreas sah sie über den Rand seiner Zeitung hinweg fragend an, hielt aber wohlweislich den Mund. Gerade sah seine Liebste aus wie eine Handgranate ohne Ring, stets bereit zu explodieren. Er verkroch sich also wieder hinter seinem Schutz aus Papier und wartete ab, was heute morgen noch auf ihn zukommen würde. In Anja`s Kopf wiederum rotierten die Gedanken wie ein Brummkreisel. Was wäre wenn…?? Konnte das tatsächlich möglich sein? Warum war ihr das die ganze Zeit nicht aufgefallen? Ihre Kinder waren fast sieben und fast zehn, also eigentlich aus dem Gröbsten raus. Andreas und sie waren zwar schon knapp zwei Jahre zusammen, aber würde er das wirklich wollen? Sie hatten noch nie über das Thema Kinder gesprochen, eigentlich dachte Anja auch, mit Mitte dreißig hätte sich das Thema für sie ja sowieso erledigt. Nicht, dass sie mit ihren 36 Jahren zu alt dafür wäre, im Gegenteil. Aber „geplant" sah definitiv anders aus. Gut, sie hatte ein großes Haus, Platz wäre also genügend vorhanden. Sie hatte ihre

Eltern ganz in der Nähe und ein stabiles finanzielles Polster. Aber wie würde Andreas reagieren? Und ihre Kinder? Würden sie sich über ein Geschwisterchen freuen? Leonie mit Sicherheit, sie war ganz verrückt nach Babys. Lennox würde das Ganze mit seiner typischen „Is mir doch egal, so lange mich der kleine Schreihals nicht stört" - Mentalität kommentieren. Aber warum machte sie sich jetzt eigentlich einen Kopf über Dinge, die sie ja noch gar nicht wirklich wusste? Vielleicht hatte sie ja auch einfach einen ganz simplen Infekt. Oder sie kam mit ihren 36 Jahren jetzt schon in die Wechseljahre. Sie schüttelte sich kurz und beschloss, später mal in den nächsten Drogeriemarkt zu fahren und sich einen Schwangerschaftstest zu holen. Andreas hatte sowieso heute Mittag Dienst, da würde sie ungestört sein. Ihn wollte sie mit Sicherheit jetzt erstmal nicht auch noch völlig aus der Bahn werfen. Schon mal, weil sie wirklich nicht wusste, wie er zu dem Thema stand. Mit Leonie und Lennox verstand er sich prima, er war so etwas wie ein väterlicher Freund, gerade für Lennox. Aber wie wäre das mit einem eigenen Kind? „Anja, Schluss jetzt, hör auf, dir über ungelegte Eier Gedanken zu machen". Sie beschimpfte sich selbst und schob dann ihre Kaffeetasse von sich. „Ich mache mir mal einen Tee, das Gebräu kriege ich heute nicht runter." Andreas legte seine Zeitung beiseite und stand auf. „Soll ich dir einen machen? Du bist so blass, vielleicht legst du dich lieber noch ein wenig hin." Sie nahm ihn in den Arm, dankbar für seine Liebe und Fürsorge. Er strich ihr sanft über den Rücken. „Mal sehen, eventuell mache ich das heute Mittag tatsächlich. Jetzt gehe ich erstmal unter die Dusche, dann sehen wir weiter. Wann musst du los?" Andreas sah auf seine Armbanduhr. „Ich denke, ich fahre so gegen elf hier weg. Ich muss um eins auf der Wache sein und fahre vorher noch kurz bei meinem Vater vorbei." Andreas Vater Werner lebte in einer kleinen Mietwohnung mitten in Mannheim. Seine Mutter war vor acht Jahren verstorben, seitdem sah Andreas regelmäßig bei seinem Vater nach dem Rechten. Wenn er denn das Glück hatte, ihn überhaupt zuhause anzutreffen. Mit seinen 67 Jahren steckte er so manchen jungen Mann in die Tasche, wenn es um Agilität, Lebensfreude, Spontanität und Aktivität ging. Und er war ständig auf Achse. Werner war das, was man einen „Kavalier alter Schule" nennen konnte. Er hatte ein unglaubliches Charisma und einen ziemlich mitreißenden Charme. Er war immer korrekt gekleidet, ging ohne Krawatte oder einem

Seidenschal um den Hals erst gar nicht aus dem Haus. Und er trug stets handgemachte lederne Schuhe. Oft hatte er im Sommer auch einen weißen Strohhut auf, der ihm ein leicht „mafiöses" Aussehen verlieh. Werner war verhältnismäßig groß, hatte dichtes braungrau meliertes Haar, stechend hellgrüne Augen und meistens einen weißen „drei-Tage" Bart. Außerdem legte er gesteigerten Wert auf Körperhygiene. Sein Eau de Toilette war nicht billig, er war seit Jahren der selben Marke treu geblieben. Zu seinem Sohn Andreas hatte er mal gesagt: „Die Frauen müssen dich zuallererst gut riechen können, dann ist ihr Interesse sowieso schon mal geweckt. Wenn du dann noch ordentlich aussiehst, hast du schon gewonnen. Man weiß ja nie, wer einem so alles über den Weg laufen könnte, also seh ich einfach IMMER gut aus", so sein Motto. Im Sommer saß er oft in einem der unzähligen Cafés in der Mannheimer Innenstadt oder flanierte über die Neckarwiese. Stets ein Lächeln im Gesicht und immer ein Zwinkern in den Augen. Die Frauenwelt der Generation 50+ lag ihm quasi reihenweise zu Füßen. Anja hatte Werner letztes Jahr auf Andreas Geburtstag kennengelernt und war auf der Stelle hin und weg gewesen. Sie verstand, woher Andreas seine unglaubliche anziehende

Art hatte, lediglich der Kleidungsstil des älteren Herrn unterschied sich wesentlich zu dem ihres Freundes. Andreas war eher der legere Typ. Jeans, Sneaker, T-Shirt, Pullover, auch mal ein Hemd… er war da eher unkompliziert und sah trotzdem, zumindest in Anjas Augen, immer unverschämt gut aus. „Was hast du heute noch so vor?" Andreas kam aus dem Schlafzimmer und hatte sich einen Pullover angezogen. Zwar wurde es jetzt draußen mittlerweile tagsüber wieder etwas milder, aber er hatte bis um 22 Uhr Dienst, da würde es wieder ziemlich frisch werden. Anja fuhr sich ein wenig verlegen durch die Haare. Sie musste ihren Freund jetzt eine winzig kleine Notlüge auftischen, sie wollte ihm wahrhaftig nicht auf die Nase binden, dass sie vor hatte, zum nächstbesten Drogeriemarkt zu fahren, um sich einen Schwangerschaftstest zu besorgen. „Ich glaube, ich geh heute Mittag ein bisschen zu Marion. Die hatte mich die Woche angeschrieben, ob wir nicht mal wieder einen Kaffee zusammen trinken wollen. Die Kinder werden ja eh nicht vor heute Abend zurück sein." Leonie und Lennox hatten gestern, nach Mathildas Geburtstag, bei ihren Großeltern übernachtet und wollten mit ihnen heute einen Ausflug machen. Also hatte Anja genügend Zeit, um sich über eventuellen Familienzuwachs Gewissheit zu verschaffen. Andreas nahm sie in den Arm und hielt sie fest. „Kann ich dich wirklich alleine lassen? Du hast noch nicht wirklich viel mehr Farbe im Gesicht als vorhin." Anja war gerührt über seine Fürsorge. Sie legte ihren Kopf auf seine Schulter. „Alles gut, geh ruhig. Ich kann mich ja auch später noch ein wenig hinlegen. Und vielleicht geht's mir nach einer Dusche auch schon wieder viel besser." Sie küsste ihn zärtlich und löste sich dann widerstrebend aus seiner Umarmung. „Grüß Werner von mir, er soll sich mal wieder blicken lassen." Sie zwinkerte. Andreas grinste. „Würde er bestimmt, wenn ihm nicht ständig irgendwelche Hildegards, Gerlindes oder Kunigundes über den Weg laufen würden." Anja lachte und verabschiedete sich dann winkend in Richtung Bad im ersten Stock. Dort stellte sich sich vor den Spiegel und betrachtete sich skeptisch. Unten auf der Straße hörte sie, wie Andreas gerade in sein Auto stieg und los fuhr. Er hupte zweimal, weil er wusste, dass Anja oben im Bad war und ihn hörte. Sehr zum Leidwesen der alten Frau Dreher, die gegenüber wohnte und gerade im Vorgarten rumwerkelte. Sie zuckte zusammen und schüttelte missbilligend den Kopf. Andreas schickte ein sehr charmantes, entschuldigendes Lächeln zu ihr hinüber.

Anja fuhr sich mit den Händen durchs Gesicht. Ihr Teint hatte die Farbe eines zart schimmelnden Weißbrotes, unter ihren Augen waren tiefe Ringe und offenbar hatte ihr Kinn beschlossen, ein Eigenleben zu entwickeln. Sie konnte sich auf alle Fälle nicht daran erinnern, wann sie das letzte Mal Pickel gehabt hätte. Dann zog sie den Bademantel aus und betrachtete sich von oben. Sie hatte eine ziemlich gute Figur, etwas, worauf sie nach den beiden Kindern, immer ziemlich stolz gewesen war. Sie drehten sich und besah sich nun seitlich im Spiegel. War da etwa schon eine kleine Wölbung zu erkennen? „Meine Güte, fang doch nicht an zu spinnen, wo soll die denn jetzt auf einmal herkommen?" Sie redete laut mit sich selbst. Aber irgendwie... doch da war doch was! Ein ganz kleiner zarter Bauchansatz. Sie fing schon an zu schwitzen. Wenn sie tatsächlich schwanger sein sollte... wie weit war sie denn dann?? Sie hatte bisher nicht wirklich auf ihren Rhythmus geachtet. Unwillig schüttelte sie den Kopf. Das hier führte gerade zu nichts. Sie schnappte sich ein Handtuch aus dem Regal und ließ sich in der Dusche vom lauwarmem Wasser wach rieseln. Dabei strich sie sich immer wieder beinahe gedankenverloren über den Bauch...

„Woher hätte ich denn wissen sollen, dass du kommst. Dann sag mir doch vorher beim nächsten mal Bescheid, dann bin ich wirklich daheim." Werner war sich keiner Schuld bewusst. Wenn sein Sohn so völlig unangemeldet vor der Tür stand konnte er ja nichts dazu. Andreas seufzte am anderen Ende der Leitung. Er stand vor der verschlossenen Wohnungstür seines Vaters. Nach mehrmaligem, erfolglosen Klingeln hatte er beschlossen, ihn kurz anzurufen. „Ich soll dich schön von Anja grüßen. Sie lässt fragen, ob du nicht mal wieder Lust hättest vorbei zu kommen. Vielleicht am nächsten Wochenende? Da habe ich keinen Dienst." Es half ja doch nichts, mit seinem Vater zu diskutieren. „Warte, da muss ich erst überlegen. Ich hatte Heidi versprochen, dass ich ihr bei ihrem Flohmarkt-Stand helfe, aber das ist erst am Sonntag. Also könnte ich liebend gerne am Samstag bei euch auftauchen, aber erst am späten Nachmittag. Vorher fahre ich mit Erika noch zum Einkaufen." Jetzt musste Andreas lachen. Sein Vater war ein unfassbarer Schwerenöter. „Sag mal Papa, hast du da überhaupt noch den Durchblick, bei den vielen Frauen?" Er hörte seinen Vater durch die Nase schnauben. „Darüber mach dir mal keine Gedanken, ich habe das alles wunderbar im Griff. Die sind alle nach Wochentagen sortiert." Er lachte schallend. „Gut, dann sehen wir uns am nächsten Samstag. Wegen der Uhrzeit sage ich dir noch Bescheid. Bis dann mein Sohn." Sprachs und legte auf. Andreas wollte eigentlich auch noch „Tschüss" sagen, hatte aber bei dem Tempo seines Vaters keine Chance mehr. Schmunzelnd machte er sich auf den Weg ins nächste Blumengeschäft. Er wollte seiner Anja einen großen Blumenstrauß mit nach Hause bringen. Einfach so, weil er sie so sehr liebte. Hoffentlich fühlte sie sich bis heute Abend wieder ein wenig besser. Pfeifend lief er Richtung Innenstadt.

„Mann ey, so langsam kriege ich echt Hunger. Können wir dann nicht mal eine kleine Pause einlegen?" Lennox maulte, er hatte zu diesem Ganzen hier sowieso nicht wirklich Lust gehabt. Seine Oma und sein Opa hatten die grandiose Idee, mit ihm und Leonie wandern zu gehen. Sie wollten zusammen in die Raubach laufen, ein Fußmarsch von ungefähr eineinhalb Stunden. Dort wollten sie etwas zusammen essen, dann würden sie mit dem Bus wieder zurück fahren bis nach Wahlen. Da ein Eis essen gehen und von dort aus wieder zurück nach Hause laufen. Das Wetter war angenehm, eigentlich gerade richtig für so einen ausgedehnten Wander-Ausflug. Leonie hüpfte auf dem Waldweg hin und her wie ein Flummi, sie freute sich riesig über die geplante Tour. Lennox kickte gelangweilt Steine vor sich hin, die Hände in den Hosentaschen vergraben und sein obligatorisches Käppi tief ins Gesicht gezogen. Er wäre am liebsten daheim geblieben, aber weil Leonie ihn so angefleht hatte war er schlussendlich dann doch mit gegangen. Und bereute das gerade zutiefst. „Ich habe noch einen Apfel im Rucksack, möchtest du den haben?" Georg trat neben ihn und kramte in seinem Wander-Rucksack. Der hatte seine besten Zeiten auch schon lange hinter sich (also der Rucksack), er war abgewetzt, das Leder wurde an den Trägern speckig, der Stoff mürbe und farblos. Seit Jahrzehnten begleitete dieses Wanderutensil Mathilda und Georg auf Reisen. Am meisten war er bisher in der Schweiz unterwegs, wenn die beiden Georgs Schwester Rosa und ihren Mann Karl besuchten. Die vier wanderten für ihr Leben gern und unternahmen ausgedehnte Touren durch die wundervolle Schweizer Bergwelt. Und immer dabei: Georgs karierte Schultertasche. Meistens vollgepackt mit leckerem Proviant, kleinen Wasserflaschen, manchmal auch eine Thermoskanne Kaffee und Becher, Obst, einem kleinen Messer, Erfrischungstüchern und Pflaster. So waren sie bei allen Ausflügen immer bestens versorgt. Einmal hatte Georg zwei Piccolo, Teelichter, etwas Süßes und eine kleine Decke eingepackt und Mathilda abends an einen kleinen See entführt. Die Luft war sommerlich warm, die Sterne leuchteten und er und Mathilda waren verliebt wie nie. All diese wundervollen kleinen Erinnerungen steckten also in diesem abgenutzten, verschlissenen Beutel. Als Ronja noch kleiner war sagte sie einmal „das hässliche Ding ist ja total zerfranst." Daraufhin meinte Georg liebevoll „zum einen ist er nicht hässlich, das nennt sich optisch einzigartig.

Zum anderen MUSS er zerfranst sein, weil er nämlich auch so heißt: Franz!"

Ronja hatte damals ziemlich laut gelacht. Ihr Papa war zu komisch, gab seinem Rucksack einen Namen, wo gabs denn sowas? Aber der Name „Franz" hatte sich recht schnell in der Familie rumgesprochen, und so wusste jeder, von wem man sprach, wenn einer fragte „nehmt ihr „Franz" auch mit?" Die drei Mädels hatten es vor drei Jahren gut gemeint und ihm einen sündhaftteuren neuen Rucksack zum Geburtstag geschenkt. In dezentem Dunkelblau, mit unfassbar vielen Taschen und Fächern, gepolsterten Trägern, einem angepassten Rückenteil und sogar mit seinen Initialen versehen. Georg hatte sich wirklich sehr darüber gefreut und ihn auch ausgiebig bewundert... beim nächsten Ausflug aber durfte ihn „Franz" wieder vollgepackt begleiten. Der noch unbenutzte Nobel-Rucksack fristete seitdem sein Dasein in der hintersten Ecke im Kleiderschrank.

Nach der Frage, ob Lennox vielleicht einen Apfel haben möchte, schaute dieser „Franz" angewidert an. „Igitt, aus dem modrigen Teil esse ich nix. Der ist ja innen noch älter als Oma Else. Und riecht bestimmt auch so." Mathilda, die neben Georg her lief, prustete los. Dann räusperte sie sich und versuchte, einen tadelnden Blick aufzusetzen. Georg biss sich unterdessen auf die Lippen, um nicht lachen zu müssen. „Lennox bitte, so alt ist Else nun auch nicht." Reiners Mutter war vor kurzem 73 geworden, für Lennox also damit schon jenseits von Gut und Böse. „Und außerdem kommt unser „Franz" regelmäßig in die Waschmaschine und riecht somit immer frühlingsfrisch. Du kannst also unbesorgt einen Apfel essen. Das ist noch einer von denen, die du und Leonie mit Opa zusammen vom Baum geholt habt." Leonie hatte ihren Namen gehört und kam angehüpft. „Hast du auch noch einen Apfel für mich, Opa?" Georg blieb stehen, stellte „Franz" auf den Boden und holte zwei Äpfel hervor. Außerdem eine kleine Wasserflasche, die er Mathilda in die Hand drückte. Dann schulterte er den Rucksack wieder, nahm einen Schluck aus der Flasche bevor er sie seiner Frau zurück gab und sprach dann: „Auf auf, ihr munteren Wandergesellen, ich kann das Jägerschnitzel schon förmlich riechen. Noch knapp eine halbe Stunde und wir können uns gepflegt den Bauch vollschlagen." Dann fing er an „Das Wandern ist des Müllers Lust" zu pfeifen. Es hätte nicht viel gefehlt, und Lennox hätte ihm den Apfel an den Kopf geworfen.

Anja saß auf dem Klodeckel und atmete. Mehr war gerade nicht drin. Sie saß dort inzwischen gute zehn Minuten, ohne sich zu rühren oder in der Lage zu sein, einen klaren Gedanken zu fassen. Den ganzen Tag über hatte sie sich schon vorgestellt, was wäre wenn… und immer war sie dabei zwischen Zweifel, Angst, Vorfreude, Panik, Liebe, Ratlosigkeit und Hoffnung hin und her geschwankt. Jetzt begann sie, völlig unkontrolliert zu kichern. Sie hatte es seit ein paar Minuten schwarz auf weiß: Sie war zum dritten Mal schwanger! Eigentlich wollte sie sich nur einen dieser Billig-Tests aus dem Drogeriemarkt besorgen. Als sie aber vor dem Regal stand entschied sie sich, auch noch einen teureren Test mitzunehmen. Einer, der deutlich anzeigte „schwanger" oder „nicht schwanger". Und der auch noch zeigte, wie lange man schon ungefähr schwanger war. Als sie dann, wieder daheim, zunächst den billigen Test ausprobierte und der innerhalb der ersten Sekunden schon zwei dicke Striche aufwies, machte sie den digitalen Test gleich hinterher. Und da stand jetzt dick und fett „Schwanger 2-3". Anja war immer noch unfähig, sich zu bewegen, in ihrem Hirn war gerade die Hölle los. Nach einer gefühlten Ewigkeit raffte sie sich auf und ging in die Küche, um sich einen

Tee aufzusetzen. Tausend Gedanken gingen ihr durch den Kopf, und mit der Tasse in der Hand versuchte sie, am Küchentisch dem Kopfchaos Herr zu werden. Zunächst musste sie mit Andreas reden. Der würde schätzungsweise aus allen Wolken fallen. Sie wusste nicht mal wirklich, ob „Papa werden" jemals auf seinem Lebensplan gestanden hatte. Ihre Eltern würden sich mit Sicherheit sehr freuen, auch wenn das jetzt mehr als überraschend kam. Sie musste es Leonie und Lennox sagen, vor deren Reaktion hatte sie fast die meiste Angst. Ein neues Geschwisterchen veränderte das Leben aller, und ihre Kinder hatten wahrlich schon genug Veränderungen mitgemacht in den letzten zwei Jahren. Da würde sie also äußerst behutsam und mehr als bedacht vorgehen müssen. Außerdem sollte sie wohl oder übel auch ihren Exmann Reiner davon in Kenntnis setzen. Auch wenn ihn das alles eigentlich am wenigsten anging. So, wie sie ihn kannte, würde das ein Riesen-Theater geben. Ihre Gedanken machten einen unkontrollierten Sprung zum Thema „Kinderzimmer". Dann mussten die geplanten Büromöbel eben einem Babybettchen und einer Wickelkommode weichen. Zu Anfang würde das Kleine ja sowieso bei ihr schlafen. Das wiederum brachte sie schon wieder auf den nächsten Gedanken. Andreas wohnte ja noch gar nicht hier. Würde sie somit so eine Art Alleinerziehende werden? Oder würde er mit Sack und Pack von Mannheim hierher ziehen, wenn er erfuhr, dass er Vater werden würde? Und da kam wieder die alles beherrschende Frage: Wie wird er reagieren?? Anja zog mittlerweile mit ihrem zweiten Tee in der Hand einen Kreis auf dem großen Wohnzimmerteppich. Wie weit sie wohl war? Selbst nach intensiver geistiger Anstrengung war es ihr nicht gelungen herauszufinden, wann sie das letzte Mal ihre Tage gehabt hatte. Sie war eigentlich sowieso der Meinung gewesen, das Thema hätte sich für sie komplett erledigt und hatte von daher auf so Nebensächlichkeiten wie ihren Zyklus überhaupt nicht mehr geachtet. Nun denn, das hieß nun also wohl oder übel am Montag einen Termin bei ihrer Gynäkologin auszumachen. Ehrlich gesagt wusste sie nicht mal mehr, wann sie das letzte mal dort gewesen war. Nach Leonies Geburt war immer alles in Ordnung gewesen, und dann hatte ihr ja auch die Zeit gefehlt, sich groß über ihre Gesundheit Gedanken zu machen. Der Haushalt, die Kinder, Reiner, das gesamte Umfeld… all das hatte letztendlich dazu geführt, dass Anja ihr „Innenleben" ziemlich egal war. Jetzt, hier in ihrem neuen, gemütlichen Wohnzimmer, bereute sie es gerade zutiefst, dass sie nicht mal die Länge ihres eigenen Zyklus genau wusste. Sie ließ sich auf die Couch fallen. Das hier half alles gerade nicht wirklich. Sie wollte nun erst den Termin abwarten und dann, wenn sie Genaueres wusste, mit allen anderen reden. Bis dahin hatte sie dann auch Zeit, sich selbst mit dem Gedanken anzufreunden im Laufe des Jahres nochmal Mutter zu werden. Erst als ihr Handy klingelte merkte sie, dass sie wohl im Sitzen auf der Couch eingeschlafen war. Leonie war dran. „Mama, wir sind jetzt in Wahlen und haben Eis gegessen. Kannst du uns vielleicht hier abholen? Ich mag nicht mehr laufen und Lennox erst recht nicht." Ihre Tochter klang müde. Anja rieb sich die Augen und sah auf die Uhr. Es war schon fast halb fünf. Wo war denn jetzt die Zeit hin gekommen? Sie streckte sich und stand auf. „Natürlich hole ich euch ab mein Schatz. Ich zieh mich rasch an und mach ich auf den Weg." Sie legte auf und sah an sich herab. Schlagartig wurde ihr ihre neue, lebens-verändernde Situation bewusst und sie musste unwillkürlich lächeln. Sie strich sich über den Bauch bevor sie in ihre Jeans schlüpfte und flüsterte: „Na dann, willkommen kleiner Krümel. Schauen wir doch mal, was der Rest der Familie zu dir sagt." Leonie kam ihr entgegen gerannt, kaum dass sie aus dem Auto ausgestiegen war. „Mama, es war so schön. Ich habe sogar ein Eichhörnchen gesehen und ein paar eklige braune Käfer, die fliegen können. Opa hat gemeint, das sind geborgte Käfer, die machen die Bäume kaputt." Sie gähnte und riss dabei den Mund auf wie ein kleiner Löwe. Georg kam lachend hinzu. „Nein Leonie, nicht geborgte Käfer sondern Borkenkäfer. Geht's dir besser? Hast du dich ein wenig ausgeruht?" Ihr Vater sah Anja besorgt an. Sie wirkte irgendwie anders als gestern, er konnte nur nicht genau sagen, an was es lag. Anja lächelte. „Ja, mir geht's schon viel besser, danke. Hattet ihr einen schönen Tag? Das Wetter war ja herrlich." Weiter hinten sah sie ihre Mutter kommen, Lennox schlurfte müde hinter ihr her. Georg flüsterte „der war von unserer kleinen Wald-Excursion nicht wirklich begeistert. Ich glaube beim nächsten Mal gehen wir zusammen ins Kino." Anja beobachtete ihren großen Sohn, der gelangweilt ans Auto kam. „Na mein Schatz? Alles gut bei dir?" Lennox öffnete die hintere Autotür, ließ sich auf den Sitz fallen und schloss die Augen. „Jaaa, alles super. Können wir dann bitte nach Hause fahren?" Oje, der war ja in einer Wahnsinns-Stimmung. Anja sah ihre Eltern fragend an, währenddessen zog Lennox mit Schwung die Tür zu und verschränkte die Arme. Mathilda blickte fragend durch die Scheibe. „Ich habe keine Ahnung, was ihm für eine Laus über die Leber gelaufen ist. Heute morgen, bevor wir losgelaufen sind, war eigentlich noch alles gut." Sie sah Georg an, der nickte zustimmend. „Auf halbem Weg wurde er immer knurriger. Wenn ich es mir recht überlege, wechselte seine Stimmung, nachdem er ein paar mal auf sein Handy geschaut und es dann wütend in die Jackentasche gestopft hatte. Ab da war er quasi nicht mehr wirklich zu gebrauchen." Lennox hatte von Anja zum letzten Geburtstag eine Art „Kinderhandy" geschenkt bekommen. Damit konnte er die Nummern anrufen, die ihm seine Mutter eingespeichert hatte und an sie, Mathilda, Georg, Reiner und Andreas Nachrichten verschicken und empfangen. Mehr musste so ein Handy für einen damals Neunjährigen in Anjas Augen noch nicht können. Und Lennox war auch vollkommen zufrieden damit. „Dann machen wir uns mal auf den Heimweg. Leonie sieht aus, als wenn sie gleich im Stehen einschlafen würde. Mama, möchtest du vorne sitzen?" Anja öffnete die Fahrertür, setzte sich und schnallte sich an. Ihr Vater trat neben sie an die offene Tür. „Nein Kind, lass mal. Deine Mutter und ich laufen nach Hause. Es ist noch so schön, und ein bisschen Bewegung nach dem riesigen Eisbecher tut uns bestimmt gut." Georg legte seinen Arm um Mathilda. Anja grinste. Man sah ihren Eltern an, dass sie jetzt ein wenig Ruhe nach diesem Tag absolut nötig hatten. „Möchtet ihr vielleicht morgen nachmittag zum Kaffee kommen? Andreas hat nochmal Spätdienst und bleibt danach in Mannheim. Und du hast doch bestimmt noch Kuchen von Freitag übrig, oder?" Anja startete den Wagen. „Aber ja, es ist noch Marmorkuchen und Streuselkuchen da, den bringen wir dann mit zu euch. Schön, dann bis morgen meine Schätzchen." Mathilda winkte ins Wageninnere, Leonie winkte müde lächelnd zurück. Lennox brummte „Tschüss" und sparte sich das Winken. Anja sah in den Rückspiegel. Sie würde zuhause mal vorsichtig nachfragen müssen, wo denn gerade das Problem ihres Sohnemannes lag. Die kurze Fahrt über sprach er jedenfalls kein Wort. Zuhause angekommen stieg er aus, schmiss die Tür zu und rannte zum Eingang. Er fummelte genervt seinen Schlüssel aus der Jackentasche, schloss die Haustür auf und ging wortlos hoch in sein Zimmer. Anja hörte auch dort noch die Tür knallen und dann war es ruhig. Zu ruhig. Sie ging mit Leonie in die Küche. Nachdem sie ihre Jacke über die Lehne des Küchenstuhles geworfen hatte, inspizierte sie den Kühlschrank. „Was möchtest du denn zum Abendessen mein Schatz?" fragte sie ihre Tochter. Die hatte es sich auf der Küchenbank gemütlich gemacht und den Kopf auf ihre Arme abgelegt. Wieder hörte Anja sie gähnen. „Ich weiß gar nicht, ob ich überhaupt noch irgendetwas essen möchte. Ich glaube, ich gehe hoch und leg mich ins Bett." Mit diesen Worten erhob sie sich und schlich müde die Treppe hoch in den ersten Stock. Anja seufzte. Na gut, dann würde sie sich jetzt mal Lennox zur Brust nehmen. Sie nahm ihre Jacke und Leonies Jacke mit raus, hängte sie an die Garderobe und machte sich dann nachdenklich auf den Weg zu ihrem Sohn. Sie konnte sich nicht wirklich vorstellen, wo auf einmal seine seltsame Laune herkam. Zögerlich klopfte sie an seiner Zimmertür. „Lennox? Kann ich reinkommen?" Erst war es eine Ewigkeit still, dann hörte sie ihn brummen „wenns sein muss." Sie öffnete und steckte den Kopf vorsichtig durch die Tür. Lennox war im allgemeinen ein eher verschlossener Junge, der ganz selten und äußerst ungern etwas über sich und seine

Gefühle erzählte. Anja wusste, wenn sie zu forsch ran ging, oder ihn nicht ernst nahm, würde er sofort dicht machen. Dann würde sie nie erfahren, was ihn gerade so sehr verärgerte und bedrückte. Er lag auf dem Rücken auf seinem Bett und starrte an die Decke. Sie setzte sich an den Schreibtisch und holte Luft. „Magst du mit mir reden?" Lennox verdrehte die Augen, sagte aber zunächst nichts. Anja beschloss, abzuwarten, sie hatte das Gefühl, er würde gleich explodieren, wenn er nicht sagen konnte, was los war. Und tatsächlich! Keine zwei Minuten später platzte es aus ihm heraus. „Ich hasse Papa. Ich will nie wieder zu ihm!"

Anja war wie vor den Kopf geschlagen. Dass es was mit Reiner zu tun haben könnte, damit hatte sie jetzt überhaupt nicht gerechnet. Ohne überhaupt zu wissen, worum es ging, hatte sie sofort eine unglaubliche Wut auf ihren Ex-Mann. Was hatte er jetzt schon wieder angestellt? Wenn die Kinder bei ihm waren bemühte er sich zwar meistens um eine einigermaßen freundliche und friedfertige Atmosphäre. Aber was die Wochenendgestaltung betraf, war er bisher immer unglaublich einfallslos gewesen. Ziemlich oft brachte er die Kinder bei seinen Eltern unter, während er selbst seine Zeit mit Angeln oder auf Sportplätzen zubrachte. Lennox wollte er da selten dabei haben. Und das obwohl er wusste, dass sein Sohn absolut Fußball-begeistert war. Er argumentierte jedesmal mit „das ist nichts für kleine Jungs, wir gehen danach noch ins Sportlerheim, da würdest du dich nur langweilen." Anja wusste aber, dass ihr Ex sich in schöner Regelmäßigkeit am Wochenende die Kante gab und oft erst spät nachts mit gewaltiger Schräglage heim kam. Vor drei Wochen allerdings hatte er Lennox versprochen, mit ihm zu einem Spiel der TSG Hoffenheim zu fahren. Lennox war unglaublich aufgeregt, das hatte er sich schon ziemlich lange gewünscht. Ihr Sohn setzte sich auf und wischte sich eine Träne aus dem Augenwinkel. Anja war erschüttert. Sie setzte sich neben ihn auf die Bettkante. Und zu ihrer großen Überraschung lehnte Lennox seinen Kopf an ihre Schulter. Sie legte den Arm um ihn und wartete, ob und wann er mit der Sprache rausrücken wollte. „Papa hat unser gemeinsames Fußball- Wochenende abgesagt. Oma Else bekommt genau an dem Samstag Rollrasen und da muss er wohl unbedingt helfen. Die Karten hat er bereits weiterverkauft." Lennox wandte sein Gesicht ab, zu groß war die Enttäuschung. Anja schnappte nach Luft. In ihr brodelte es, das wollte sie Lennox gegenüber aber jetzt nicht unbedingt zeigen. „Ach Mensch, so ein Mist! Das tut mir total leid für dich. Deshalb war deine Laune also so schlecht heute. Da konnten aber dann Oma und Opa, und auch Leonie nicht wirklich was dazu." Sie strubbelte ihm durch die Haare, obwohl sie ganz genau wusste, dass er das partout nicht ausstehen konnte. „Ich werde noch mal mit ihm reden. So geht das ja nun echt nicht!" Sie bekam Herzklopfen vor Wut und dachte im selben Augenblick an ihr kleines Würmchen im Bauch. Sie sollte sich vielleicht nicht allzu sehr aufregen, das tat dem Baby bestimmt nicht gut. Lennox zuckte resigniert mit den Schultern. „Ne, lass das mal. Ich habe gar keinen Bock mehr, mit dem was zu unternehmen. Ist doch eh meistens langweilig. Und auf Oma Else und Opa Jürgen hab ich auch keine Lust mehr. Dort riecht es immer so komisch und wirklich was mit mir und Leonie unternehmen tun die ja auch nicht. Mama?" Anja sah ihn fragend an. Sie hatte so etwas schon länger kommen sehen. Weder ihr Sohn noch ihre Tochter gingen gerne zu Reiners Eltern, aber es war nun mal von vorne herein bei der Scheidung so vereinbart worden. Und ihre Eltern sahen die Kinder ja auch regelmäßig (gut, zugegebenermaßen sahen sie sie natürlich viel öfter, gerade jetzt, wo Anja wieder in der Nähe ihres Elternhauses wohnte.) Lennox überlegte. „Müssen wir denn da wirklich ständig hin? Können wir nicht einfach selbst entscheiden, wann wir hinwollen und wann nicht?" Anja musste schmunzeln. „Nun ja, mein lieber Sohn, ich befürchte aber, dass ihr dann nur noch alle Schaltjahr bei Oma Else und Opa Jürgen auftaucht. Und das dürfte gewaltigen Ärger geben. Ich kann mir außerdem nicht vorstellen, dass euer Vater damit einverstanden sein würde." Lennox winkte ab. „Ach der. Dem sind wir doch eigentlich völlig egal. Der ist doch froh, wenn er seine Ruhe hat. Dann muss er sich auch nicht dauernd irgendetwas Neues einfallen lassen, auf was er doch dann sowieso keine Lust hat." Anja stieß einen Seufzer aus. Warum musste das ausgerechnet alles jetzt passieren? Sie hatte im Moment wahrlich andere Probleme als die wahrscheinlich sinnlose Diskussion mit ihren Ex-Schwiegereltern und ihrem Ex-Mann. Aber sie würde wohl kaum drumherum kommen. Ihre Kinder waren unglücklich, und das konnte und wollte sie so nicht stehen lassen. Sie beschloss, am kommenden Wochenende mal mit den dreien zu reden, eventuell könnte sie dann auch gleich das Thema „Baby" anschneiden. „Magst du noch etwas essen? Leonie hat sich schon mal ins Bett gelegt, die war fix und fertig. Es sind noch Nudeln da, wenn du willst mach ich dir eine Tomatensoße dazu." Lennox schüttelte den Kopf. „Ich mach mir später vielleicht noch ein Brot, großen Hunger habe ich eigentlich nicht." Anja nahm ihn kurz ganz fest in den Arm und gab ihm einen Kuss auf den Kopf. „Ich habe dich ganz arg lieb, vergiss das nie. Wir finden eine Lösung, das verspreche ich dir."

„Meine Güte, habt ihr die ganze „Rhein-Galerie" leergekauft oder wollt ihr euch mit einer eigenen Boutique selbstständig machen?" Mathilda schlug gespielt entsetzt die Hände über dem Kopf zusammen. Ronja und Lena waren von ihrem Bummel zurück und hatten unzählige Taschen und Tüten angeschleppt. Die wurden nun auf Ronjas Teppich in ihrem kleinen Wohnzimmer entleert, um jedes einzelne Kleidungsstück noch mal im großen Spiegel zu betrachten. Lena hob sich ein knielanges Kleid vor ihren Körper und drehte sich leicht hin und her. Mathilda runzelte die Stirn. „Hast du das aus Versehen gekauft? Das geht ja sogar noch ÜBER die Knie." Ronja und Lena mussten lachen. Lenas Kleidungsstil hatte sich in der letzten Zeit von „ein bisschen mehr Ausschnitt geht immer" und „wenn der Rock noch kürzer wird, brauchst du einen zweiten Lippenstift" zu „verspielt, nett, mit einem Hauch von Seriosität" gewandelt. Und es stand ihr ausgezeichnet. Schuld daran war ein sehr netter junger Arzt, den sie bei einer ihrer Stationseinsätze kennengelernt hatte. Sie hatte noch nicht wirklich viel über ihn erzählt, ein absolutes Indiz dafür, dass er vielleicht wirklich wichtiger sein konnte, als all die anderen Typen vorher. Da kamen und gingen so einige, über jeden wusste Ronja bis ins kleinste Detail Bescheid. Dieses Mal hielt sich Lena ziemlich bedeckt, sie hatte nur ab und an so ein verklärtes Lächeln im Gesicht (oder wie Ronja es gerne beschrieb „du guckst schon wieder wie eine Kuh wenns blitzt").

„Ich lass euch mal alleine, dein Vater will noch die Stühle für den Hof aus dem Keller holen, da möchte ich ihm gerne helfen. Lena, bleibst du zum Essen?" Die schüttelte den Kopf.

„Nein, ich habe mich heute Abend mit meiner Mutter verabredet." Sie machte mit den Fingern imaginäre Gänsefüßchen in die Luft.

„Sie möchte mir irgendetwas erzählen. Ich weiß nicht mal, ob ich's wirklich wissen will, aber wir gehen nach Weinheim essen. Ich bin erst wieder in drei Wochen hier, dann aber sehr gerne." Sie grinste Mathilda an. Die nickte den beiden Mädchen zu und machte sich auf den Weg zu ihrem Georg.

„Was wird sie denn von dir wollen? Hast du überhaupt keine Ahnung?" Ronja hatte sich ihr Oberteil ausgezogen und sich eines der neuen T-Shirts aus einer der Tüten geangelt. Lena fummelte gerade an ihrer neuen Jeans das Preisschild ab. „Ich habe keinen blassen Schimmer, sie war schon wieder so unglaublich anstrengend geheimnisvoll." Lena zog eine Grimasse. Ronja kannte Lenas Mutter nur zu gut, was richtig Positives würde bei diesem Gespräch wohl eher nicht rauskommen. Sie warf Lena eines der neuen Oberteile zu. „Hier, probier das mal zu der Jeans an, das sieht bestimmt bombastisch sexy aus." Lena sah sie gespielt vorwurfsvoll an. „Hör mal, du weißt doch, dass „bombastisch sexy" für mich nicht mehr wirklich in Frage kommt, oder?" Und sie kicherten und alberten wie zwei vierzehnjährige Teenager, bis sich Lena gegen neunzehn Uhr von Ronja verabschieden musste.

„Ronja, könntest du vielleicht heute die drei Bleche Streuselkuchen für die Bürofeier von „Auto Strube" machen?" Gitti saß mit ihrem Mann Horst, dem gemeinsamen Sohn Thomas und den Angestellten Sophie, Emilie und Paula neben Ronja im Pausenraum der Konditorei und verteilte die Tagesaufgaben. Thomas hatte seinen Kaffeebecher in der Hand, gähnte und zwinkerte Ronja zu. Die beiden hatten bis tief in die Nacht noch miteinander geschrieben. Thomas war ihr während ihrer bisherigen Ausbildungszeit ein echt guter Freund geworden, nicht mehr und nicht weniger. Er war rein äußerlich überhaupt nicht Ronjas Typ, aber ein unfassbar lieber, verständnisvoller und vor allem lustiger Mensch. Ronja kniff die Augen zusammen und gähnte auch. Am liebsten hätte sie sich mit dem Kopf auf den Tisch gelegt und eine Runde geschlafen. Aber Gitti, ihre Chefin, hatte kein Erbarmen. Sie sah erst Thomas an, dann Ronja. „Wenn man euch beide so ansieht, könnte man meinen, ihr hättet die Nacht zusammen verbracht. Ihr werdet besser ganz schnell munter, wir haben heute einiges an Aufträgen abzuarbeiten." Ronja straffte die Schultern und riss mit unglaublicher Anstrengung die Augen weit auf. Emilie kicherte. Sie war so alt wie Ronja, aber hatte mittlerweile das zweite Lehrjahr schon fast hinter sich. Aber sie war auch bei weitem nicht so ambitioniert wie Ronja, sondern machte nur das, was der Lehrplan oder Gitti von ihr verlangten. Ronja wiederum kämpfte fast schon um jede Extraaufgabe, blieb gerne länger um noch etwas dazuzulernen und beschäftige sich sogar in ihrer Freizeit viel und gerne mit dem Thema „Backen". „Es gibt nichts zu kichern liebe Emilie, du darfst dich heute an der Herstellung der Marzipanrosen für die Geburtstagstorte versuchen die Thomas gestern Abend vorbereitet hat. Und das Ganze mit größter Sorgfalt wenn ich bitten darf." Emilie stöhnte leise. Sie hasste diese kunstvollen Fummeleien. Aber die Marzipan-verarbeitung war nun mal im dritten Lehrjahr ein Teil ihrer Ausbildung, und Gitti wollte sie früh genug mit der Materie vertraut machen. „Paula, du und Sophie ihr könnt die Teilchen für die Goldene Hochzeit der Maurers fertigstellen. Und dich mein lieber Horst brauche ich gleich mal im Büro." Emilie machte leise „Uhhhh" und erntete dafür einen ziemlich bösen Blick ihrer Chefin. Ronja trank ihre Tasse leer, stand auf und streckte sich ausgiebig. Dann setzte sie sich ihre Haube auf und band sich die Schürze um. „Also dann, ran ans Werk." Die anderen standen ebenfalls auf, es war viertel nach sechs morgens, wenn sie nicht bald anfingen, bekam heute keiner mehr das, was er bestellt hatte. Emilie schüttelte den Kopf „Dein Enthusiasmus ist ja schon beinahe gemeingefährlich. Hoffentlich steckt das nicht an." Sie streckte Ronja die Zunge raus und lachte. „Oh liebe Emilie, eigentlich hoffe ich gerade für DICH, dass das sehr wohl ansteckt." Gitti war unbemerkt hinter sie getreten und knuffte sie nun in die Seite. Emilie zog den Kopf ein und machte sich Richtung Backstube aus dem Staub. „Muss eigentlich außer Streusel noch irgendetwas auf den Kuchen? Also Obst oder so?" Ronja blieb im Türrahmen stehen. Gitti ging ins Büro und blätterte im Auftragsbuch. „Nein, dieses mal ohne Alles. Das ist ne Autowerkstatt, die wollen diesen Schnickschnack mit Obst nicht." Sie lachte schallend. „Horst fährt die Bleche gegen neun Uhr weg, das kriegst du hin, oder?" Eigentlich wusste sie ja, dass sie das Ronja gar nicht zu fragen brauchte. Sie hatte selten einen so ambitionierten Lehrling gehabt wie dieses junge Mädchen. Und zu alledem hatte sie auch noch echtes Talent. „Klar krieg ich das hin. Darf ich nachher vielleicht Emilie noch ein wenig beim Marzipan zuschauen?" Gitti überlegte. Emilie war nun wahrhaftig nicht das beste Vorbild für

Ronja, aber sie hatte heute sonst wenig Zeit und damit waren beide erstmal eine Weile beschäftigt. „Also gut, aber guck dir mal noch nicht zu viel ab. Das mit dem Marzipan machen wir beide mal in Ruhe." Ronja nickte und schlenderte gut gelaunt in die Backstube. Dort warf sie Hefe in die Knetmaschine und schüttete warmes Wasser und Zucker dazu. Während die Maschine das alles verrührte, holte sie sich Mehl, Butter, Vanillezucker und Zimt. Das würde sie gleich alles noch brauchen, also richtete sie sich ihren Arbeitsplatz so ein, dass sie alles in Griffnähe hatte. Nachdem die Hefe sich gelöst hatte gab sie das abgewogene Mehl, den Zucker und die Butter dazu und startete die Maschine erneut. Nach ein paar Minuten hatte sie einen wunderbaren Hefeteig. Sie hob ihn aus der Maschine und teilte ihn sich in drei Teile. Diese wog sie ab und begann dann, jeden einzelnen Teigklumpen mit Hilfe von Mehl kräftig durchzukneten. Sie formte drei Kugeln und deckte sie ab. Die durften nun erstmal eine Weile ruhen und aufgehen. Dann machte sie sich an die Zubereitung der Streusel. Eigentlich hatte sie in der Zwischenzeit wirklich Routine darin. Aber meistens verarbeitete sie die Streuselkuchen im Zusammenhang mit Obst. Jetzt überlegte sie, wie sie dem Ganzen noch eine besondere Note geben könnte. Es sollte nicht übertrieben sein aber trotzdem den eher profanen Streuselkuchen zu einem geschmacklichen Gedicht werden lassen. Sie schüttete die Zutaten für die Streusel in eine große Rührschüssel und verarbeitete sie. Dabei überlegte sie weiterhin fieberhaft, was zu Hefe und Butterstreusel noch so passen könnte. „He, ist dir aus Versehen der Teig in die Ohren gekommen oder warum hörst du nix?" Sophie tauchte neben ihr auf. Sie war eine der ausgelernten Konditorinnen, wenn auch erst seit zwei Jahren. Ganz zu Anfang waren sie und Ronja noch recht gut miteinander ausgekommen. Mittlerweile hatte sich zwischen den beiden so eine Art Konkurrenzkampf entwickelt. Sophie fuchste es gewaltig, dass Ronja trotz ihrer geringen Erfahrung schon so viel machen durfte und auch das vollste Vertrauen der Chefin hatte. Sie hatte sich das in den letzten fünf Jahren, in denen sie nun hier war, hart erarbeiten müssen. Auch dass sich die Neue so gut mit dem Juniorchef verstand, war ihr ein absoluter Dorn im Auge. Ganz im Gegensatz zu Ronja fand Sophie Thomas nämlich äußerst attraktiv. Der aber interessierte sich überhaupt nicht für sie. Er behandelte sie genauso freundlich wie

Paula oder Emilie. Nur zu Ronja war er aufmerksamer und verwickelte sie oft beim Arbeiten in ein Gespräch. Dann hörte Sophie die beiden lachen und sah sie miteinander schäkern und wäre Ronja am liebsten vor Zorn nackt ins Gesicht gesprungen. Meistens stand sie dann ein paar Meter weiter an ihrem Arbeitstisch und malmte mit den Backenzähnen vor Wut.

Ronja merkte sehr wohl, dass Sophie nicht wirklich gut auf sie zu sprechen war, aber sie störte sich nicht sonderlich daran. Sie war sich keinerlei Schuld bewusst, schließlich konnte sie ja auch nichts dafür, dass Sophie augenscheinlich so verbittert und humorlos war. „Nein, ich habe keinen Teig in den Ohren. Was willst du?" Ronja hatte gerade angefangen, die Teigkugeln auf Bleche auszurollen. „Du sollst zur Chefin ins Büro kommen. Aber beeil dich, die drei Bleche müssen in eineinhalb Stunden fertig sein, und du hast noch nicht mal die Streusel drauf." Ronja wischte sich die mehligen Hände an der Schürze ab, ignorierte Sophies vorwurfsvolle Blicke und machte sich auf den Weg ins Büro. Gitti saß am Schreibtisch und war in den Inhalt eines Ordners vertieft. Ronja klopfte an den Türrahmen. „Du wolltest mich sprechen?" Gitti sah hoch. „Ja, komm, setz dich einen

Augenblick." Ronja überlegte, ob sie irgendetwas falsch gemacht hatte. Sie wurde eigentlich höchst selten ins Büro zitiert. Gitti lächelte. Gut, dann konnte es ja nicht ganz so schlimm sein. „Ich wollte dir eigentlich einen Vorschlag unterbreiten. Im Oktober findet die jährliche Schokoladenmesse in Tübingen statt. Und unsere „Süße Schmiede" bekommt immer zwei Eintrittskarten. Ich würde dich gerne dieses Jahr mit Thomas dort hinschicken. Ich weiß, dass Schokolade eine deiner großen Leidenschaften ist. Und Horst und ich wollen dieses Jahr nicht. Da dachten wir, das wäre doch genau das Richtige für dich. Zumal ich dich bei Thomas in guten Händen weiß. Du kannst es dir bis nächste Woche überlegen, dann müsste ich deine Antwort haben wegen der Anmeldung und dem Hotel. Was meinst du dazu?" Ronja war völlig sprach- und fassungslos. Sie befürchtete sich verhört zu haben und fragte deshalb noch mal ganz schüchtern: „Also ihr wollt tatsächlich, dass Thomas und ich dieses Jahr gemeinsam auf die Schokoladenmesse fahren?" Gitti schmunzelte. Sie hatte sich schon gedacht, dass sie ihrer Auszubildenden damit eine riesige Freude machen würde. „Ja, genauso war es gedacht." Ronja schlug die Hand vor den Mund, dann entfuhr ihr ein kleiner Jubelschrei. Sie raste um den Schreibtisch und fiel ihrer verdatterten Chefin stürmisch um den Hals. „Ahhh, wie geil, danke, danke, danke! Da muss ich gar nicht lange überlegen, NATÜRLICH fahre ich mit nach Tübingen, du kannst für mich fest zusagen." Völlig außer Atem setzte sie sich wieder. „Aber was ist mit den anderen? Werden die nicht stinkig wenn ich fahren darf und sie nicht?" Gitti winkte ab. „Mach dir darüber mal keine Gedanken. Emilie hat ja nun wirklich NULL Interesse an Schokolade und Sophie muss da unseres Erachtens nicht hin. Sie hat sich auf Marzipan spezialisiert und arbeitet höchst ungern mit Schokolade. Und Paula ist für solche Wochenend Veranstaltungen nicht mehr flexibel genug. Außerdem haben wir Thomas gefragt, und du warst seine erste Wahl. So, und nun ab zurück in die Backstube. Wie weit bist du mit den Blechen?" Ronja erhob sich. „Ich mache jetzt noch die Streusel darauf, dann können sie in den Ofen." Sie ging zur Tür, dann drehte sie sich nochmal um. „Gitti?" Ihre Chefin blickte fragend nach oben, sie hatte sich schon wieder in ihre Rechnungen vertieft. „Darf ich vielleicht den Streuselkuchen ein ganz klein wenig abwandeln? Ich bring dir auch erst ein Probierstück, bevor ich ihn völlig verhunze und du dann tobst." Sie verzog den Mund zu einem breiten Grinsen. Gitti sah sie leicht skeptisch an. „Tu was du nicht lassen kannst. Aber auf das Probierstück bestehe ich! Sonst gibt das nachher nur Ärger mit dem Kunden." Ronja nickte und flitzte in die Backstube. Ihr war noch während des Gesprächs mit ihrer Chefin eine wundervolle Idee gekommen. Ihre Oma hatte das früher immer so gemacht und genau das wollte sie nun auch ausprobieren. Sie musste nur nachgucken, ob es die Zutat, die sie dafür brauchte, hier im Kühlhaus gab. Aber zuerst machte sie die drei Bleche fertig und schob sie in den Ofen. Da durften sie nun 20 Minuten backen, währenddessen machte sie sich auf die Suche. „Na, Ärger bekommen?" Sophie schob provokant die Augenbrauen nach oben. Ronja rollte mit den Augen, meine Herren, heute war die Laune aber extrem schlecht. Aber was half alles aufregen, lieber freute sie sich auf das, was ihr Gitti gerade unterbreitet hatte. Sie hielt es nur für keine allzu gute Idee, das alles Sophie jetzt schon unter die Nase zu reiben. Deshalb sagte sie gönnerhaft: „Nein, aber WENN dann bist du die Erste, die´s erfährt." Emilie feixte und zischte Ronja ein „jawoll, zeigs ihr!" zu. Ronja aber ließ sich darauf erst gar nicht ein, sondern ging ihr erhofftes Produkt suchen. Ein

paar Minuten später kehrte sie freudestrahlend mit zwei Dosen gezuckerter
Kondensmilch zurück. Wunderbar, jetzt stand
ihrer Idee nichts mehr im Wege. Die Kuchen
brauchten noch ungefähr zehn Minuten, die
nutzte sie nun zum Wegräumen der ganzen
Zutaten, die sie gebraucht hatte und zum
Säubern ihres Arbeitsplatzes. Dann holte sie
die fertigen Kuchenbleche aus dem Ofen und
bestreute sie mit einer Mischung aus
Puderzucker und Vanillezucker. Sie füllte die
gezuckerte Kondensmilch in einen Spritzbeutel und überzog das Probierstück für ihre
Chefin mit feinen Streifen. Sophia trat hinter
sie. „Sag mal, hast du noch alle Latten am
Zaun?? Was tust du denn da??? Gitti wird dir
den Kopf abreißen, das schwör ich dir!" Ronja
drehte sich langsam zu ihr um. Ihre Augen
verengten sich zu Schlitzen und sie zischte:
„Ich kenne zwar heute dein Problem nicht,
aber du solltest mal so ganz langsam die Luft
anhalten. Das ist alles mit Gitti abgesprochen,
anscheinend vertraut sie meinen Ideen mehr
als deinen Marzipan-Künsten!" Dem Blick
nach zu urteilen hätte Sophia Ronja in diesem
Moment gerne wie die böse Hexe bei Hänsel
und Gretel in den Backofen geschubst. Ronja
würdigte sie daraufhin keines Blickes mehr,
schnappte sich das Probierstück und machte

sich auf den Weg zu Gitti. Die saß mit ihrem Mann Horst zusammen im Büro. Ronja stellte den Teller vor Gitti auf den Schreibtisch und sah sie erwartungsvoll an. Horst hatte von dem „Kuchen-Deal" noch nichts mitbekommen und blickte dementsprechend irritiert auf den Teller vor ihm. „Was gibt das denn, wenns fertig ist? Eine neue Kreation?" Er nahm sich ein kleines Stück und roch daran. „Hm, das riecht ja fantastisch. Was hast du denn jetzt anders gemacht als bei unserem Grundrezept?" Ronja wurde leicht verlegen. Ihrem Chef gegenüber fühlte sie immer eine gewisse Art Ehrfurcht und jede Menge Respekt. Den hatte sie zwar vor ihrer Chefin auch, aber da empfand sie zusätzlich noch viel Wärme und Zuneigung. „Ich habe den Puderzucker noch zusätzlich mit Vanillezucker abgemischt und das Weiße da oben drauf ist gezuckerte Kondensmilch. Meine Oma hat früher ihren Streuselkuchen immer so gemacht. " Gitti drehte das Kuchenstück in ihren Händen. „Hm, gar keine schlechte Idee." Sie biss ab und verdrehte genussvoll die Augen. „Oh mein Gott, das schmeckt göttlich. Da könnte ich mich gerade reinsetzen." Sie biss nochmal ab und machte wieder leise „hmmmm". Auch Horst hatte nun ein Stück im Mund und kaute stumm vor sich hin. Ronja wurde es ein wenig unbehaglich. „Horst? Alles gut?" Ihr Chef kaute in Ruhe zu Ende, schluckte und sagte dann: „Kind, das war eine absolut grandiose Idee! Das schmeckt hervorragend. Wir sollten diese Art von Zubereitung in unser Sortiment aufnehmen und nennen es „Ronja`s Streuselglück". Was haltet ihr davon?" Ronja war völlig perplex. Damit hatte sie nun wirklich überhaupt nicht gerechnet. Klar wollte sie, dass der Kuchen den Beiden schmeckte, aber dass sie so begeistert waren haute sie nun fast vom Hocker. Gitti nickte zustimmend. „Au ja, das machen wir. Und die drei Bleche für „Auto Strube" machst du genauso fertig. Horst und du könnt sie dann gleich hinbringen. Das ist dann schon mal die beste Mundpropaganda, die man bekommen kann. Wenn den Büro-Damen und den Mechanikern dein Kuchen schmeckt, wird das sehr schnell die Runde machen. Dort arbeitet eine, die ist hier als Bild-Zeitung auf zwei Beinen bekannt." Gitti lachte. „Also, dann mach deine Leckerbissen fertig und dann nix wie fort, solange sie vielleicht sogar noch lauwarm sind." Ronja verließ das Büro, ihr schwirrte regelrecht der Kopf. Das war ja jetzt gerade unglaublich. Sie fasste sich an ihre Wangen, die fühlten sich vor lauter Aufregung richtig heiß an. Sie konnte es kaum erwarten,

Sophias Reaktion mitzubekommen wenn sie das herausbekam. Mit federnden Schritten und leise ein Liedchen pfeifend, tänzelte sie in die Backstube. Dort schnappte sie sich den Spritzbeutel und verteile die Masse großzügig über die drei frischgebackenen Streusel-kuchen. Sophia hatte sie argwöhnisch beobachtet und stand nun kurz vorm Explodieren. Ihr Gesicht wurde rot vor Wut und sie fauchte in Ronjas Richtung „du wirst schon noch sehen, was du davon hast. So schnell werden Gitti und Horst nicht gucken können, wie du den Ruf ihrer Konditorei ruiniert hast." Sie schlug sich mit der Hand an die Stirn und winkte genervt ab. Jetzt reichte es Ronja aber wirklich. Sie holte tief Luft und pumpte vor Aufregung wie ein kleiner Maikäfer. Sie trat dicht an Sophias Tisch und sagte leise: „Weißt du, ich kann ja nichts dafür, wenn dein Horizont nicht weiter reicht wie von der Arbeitsplatte bis zum nächsten Marzipanschwein. Du bist so dermaßen geistig limitiert, dass du anderen auch keine Horizonterweiterung zutraust. Aber ich verrate dir jetzt mal was: es gibt Menschen, wie mich zum Beispiel, die möchten immer wieder etwas Neues entdecken und ausprobieren. Und es gibt Menschen wie dich. Die bleiben auf immer und ewig auf ihrem eigenen kleinen Niveau stehen. Du solltest dich vielleicht nur schon mal mit der Zubereitung dieses Streuselkuchens näher befassen. Er wird nämlich demnächst als „Ronja`s Streuselglück" in den Bestellformularen zu finden sein!" Das Gesicht, das Sophia nun nach Ronjas Ansage machte, war jede Aufregung wert gewesen. Ronja musste aufpassen, nicht wie eine Irre anzufangen zu lachen. Sophias Gesicht wurde zuerst weiß wie ihre Schürze und Sekunden später rot wie der Teigschaber, mit dem sie jetzt hektisch in der Gegend rumfuchtelte. Sie riss sich die Haube vom Kopf, pfefferte sie auf die Arbeitsplatte und rauschte mit den Worten „ich brauch ne Kippe" aus der Backstube. Emilie starrte ihr erst fassungslos hinterher, dann prustete sie los. „Was war das denn jetzt gerade? Ich raffs nicht, was ist passiert?" Ronja mochte Emilie, sie war auf eine süße Art und Weise völlig verpeilt. Sie hatte schon fast einen diabolischen Gesichtsausdruck, als sie Emilie versuchte begreiflich zu machen, was die letzten zehn Minuten passiert war. „Echt jetzt? Du bekommst quasi deinen eigenen Kuchen? Cool!" Eine der bewundernswerten Eigenschaften an Emilie: sie konnte sich vorbehaltlos für andere freuen.

Ein Charakterzug, den nicht sehr viele Menschen ihr Eigen nennen konnten. Ronja deckte die Bleche ab und machte sich auf die Suche nach Horst. Sie war schon mächtig gespannt, was ihre Familie dazu sagen würde, dass jetzt sogar schon ein Kuchen nach ihr benannt worden war. Sie war auf alle Fälle überglücklich und verdammt stolz auf sich.

Anja saß wie erstarrt im Auto. Gerade war sie aus der Praxis ihrer Gynäkologin gekommen, die freudestrahlend behauptet hatte: „Herzlichen Glückwunsch, Sie sind schon in der 14. Woche!" Und ihr dann anhand einer Tabelle zeigte, dass das Baby schon Ende Oktober auf die Welt kommen würde. Also hatte Andreas gar nicht so unrecht gehabt als er letztens zu ihr meinte, sie hätte irgendwie ein kleines Bäuchlein bekommen. Anja hatte ihn daraufhin ziemlich böse angeguckt und es im April noch auf die Leckereien vom letzten Weihnachtsfest geschoben. Also wars dann wohl doch nicht der Stollen und die vielen Weihnachtsplätzchen. Anja betrachtete das Ultraschallbild, das die Ärztin ihr mitgegeben hatte. Da war schon alles dran. Winzig kleine Händchen und Füßchen und ein kleines, kräftig schlagendes Herz. Alles so wie es sein soll. Sie wischte sich eine Träne aus den Augenwinkeln. Dieses kleine Lebewesen würde ihr Leben nochmal von Grund auf ändern, und dieses Mal würde es wundervoll werden. Sie startete ihr Auto und machte sich auf den Heimweg. Während der halbstündigen Fahrt überlegte sie angestrengt, wie sie das nun am besten allen anderen beibringen sollte. Zuallererst sollte und musste es Andreas erfahren, danach ihre

Kinder. Die durften es dann Oma und Opa sagen. Und wenn es alle wussten, würde sie es so ganz nebenbei ihrem Ex-Mann und seinen Eltern unterbreiten. Wobei es die ja eigentlich gar nicht mehr zu interessieren brauchte. Genauso wenig wie Reiner. Sie hielt auf dem Heimweg an einem Drogeriemarkt und kaufte ein paar winzige Babyschuhe und einen Strampler auf dem „Superdad" stand. Außerdem noch eine Schachtel mit aufgedruckten Herzen. Damit würde sie Andreas heute Abend beichten, dass er Vater werden würde. Er hatte Frühschicht und wollte auf dem Heimweg noch kurz in den Baumarkt. Für die Terrasse, die zum Garten hin führte, fehlten noch ein paar Holzdielen. Die wollte er noch besorgen. Morgen war Samstag, da hatte er frei und wollte was am Haus arbeiten. Als sie daheim den Strampler, die Schuhe und das Ultraschallbild in die Schachtel packte und zuschnürte, wurde ihr warm ums Herz. Sie legte die Hand auf ihren Bauch und schloss kurz die Augen. Alles fühlte sich gerade so unglaublich gut und richtig an.

„Bist du fertig mit essen?" Anja sah Andreas an. Sie saßen alleine an dem großen Esszimmer-Tisch, Leonie war bis morgen bei ihrem Vater und Lennox übernachtete bei einem Freund. Er hatte sich hier wunderbar schnell eingelebt und blühte seither regelrecht auf. Nur zu seinem Vater wollte er in nächster Zeit nicht mehr, zu sehr war er noch enttäuscht über dessen Absage für das lang ersehnte Fußballspiel. Anja hatte versucht, mit Reiner zu reden um ihm begreiflich zu machen, was er damit angerichtet hatte. Und dass sie das überhaupt nicht guthieß, wenn man seinen Kindern erst etwas versprach und dann nicht einhielt. Aber wie immer biss sie bei ihm auf Granit, er hatte ja seine Fehler noch nie wirklich eingesehen. Aber sie wollte sich an diesem bedeutsamen Abend keine Gedanken über diesen seltsamen Menschen machen, immerhin hatte sie noch etwas ganz Wichtiges vor. „Ja, und es war verdammt lecker. Gibt's eigentlich irgendwas zu feiern? Du siehst so schick aus, der Tisch ist so schön gedeckt, hier brennen Kerzen… hab ich was vergessen oder verpasst? Haben wir Jahrestag oder sowas?" Andreas schlug gespielt entsetzt die Hände über dem Kopf zusammen. Dabei wusste er, dass seine Freundin im Grunde genommen keine dieser Frauen war, die auf übertriebene Romantik und ständige Liebesbekundungen stand. Umso mehr verwirrte ihn diese leicht rosarot angehauchte Stimmung, die sie nun schon den ganzen Abend verbreitete. Sie trugen zusammen die Teller in die Küche, dann sagte Anja zu ihm: „Setz dich bitte nochmal, ich komme gleich. Ich habe noch etwas für dich." Jetzt war Andreas vollkommen durcheinander, tat aber wie ihm geheißen. Insgeheim überlegte er nun aber fieberhaft, ob er nicht wirklich irgendwas vergessen hatte. Es wollte ihm aber partout nichts einfallen. Also setzte er sich leicht nervös wieder hin und wartete. Einige Minuten später kam Anja mit der Herz-schachtel ins Zimmer und stellte sie vor ihn hin. „Hier, das ist für dich. Guck es dir bitte erst in Ruhe an. DANN darfst du was dazu sagen." Sie war leicht rot im Gesicht und wirkte seltsam verlegen. Da Andreas überhaupt nicht wusste, was er davon halten sollte, fing er an, den Knoten des Geschenk-bandes zu entwirren und öffnete dann die Schachtel. Er nahm zuerst die Schuhe heraus, entfaltete dann den Baby-Body und als er gleich darauf das Ultraschall-Bild in seinen Händen hielt, wechselte seine Gesichtsfarbe von rosa entspannt zu einem unglaublichen käseweiß. Er schlug die Hand vor den Mund, stand auf, riss Anja vom Stuhl, drückte sie an sich und begann hemmungslos zu weinen. „Oh mein Gott, mein Schatz! Ist das wirklich wahr?? Wir bekommen ein Baby?" schluchzte er an Anjas Hals. Die schob ihn behutsam ein Stück von sich und betrachtete ihn leicht erschrocken. War das der Schock und freute er sich tatsächlich? „Ja, ich war heute bei meiner Frauenärztin, ich bin schon im 4. Monat. Ende Oktober soll das Baby zur Welt kommen." Andreas schluchzte erneut auf, dann drückte er sie vorsichtig und sagte: „Weißt du eigentlich wie sehr ich mir ein Kind mit dir gewünscht habe? Ich wollte nur nichts zu dir sagen. Ich dachte, du willst vielleicht keine Kinder mehr und wir sind ja auch noch keine Ewigkeit zusammen. Aber immer, wenn ich dich mit Leonie und Lennox beobachtet habe, habe ich gedacht, wie schön es doch wäre, wenn wir beide gemeinsam noch mal so ein kleines Wunder aufwachsen sehen könnten. Und jetzt hat sich mein Traum tatsächlich erfüllt. Ich kann dir gar nicht sagen, wie glücklich ich bin. Und wie sehr ich dich liebe." Er strich ihr ganz sanft über die minimale Wölbung ihres Bauches und flüsterte „Hallo Baby, ich bin's, dein Papa!". Anja war völlig sprachlos. Weder bei Lennox noch bei Leonie hatte Reiner jemals so begeistert und so voller Liebe reagiert wie Andreas eben. Und sie hatte sich noch solche Gedanken zuvor gemacht. Die beiden lagen sich noch lange in den Armen. Dann trug Andreas Anja vorsichtig hoch ins Schlafzimmer, legte sie aufs Bett und deckte sie zu. Dann legte er sich daneben, nahm sie in den Arm, legte eine Hand auf ihren Bauch und gemeinsam planten sie so die ganze Nacht ihr zukünftiges Leben zu fünft.

Am nächsten Morgen saßen sie zusammen am Frühstückstisch. Sie lächelten sich immer wieder über ihre Brötchen hinweg zu, Andreas achtete peinlichst genau darauf, dass es ihr an nichts fehlte. „Möchtest du noch einen Schluck Kaffee, oder soll ich dir lieber einen Tee machen? Ist dir schlecht? Soll ich dir noch ein Brötchen schmieren? Geht's Dir gut?" Anja musste lachen, dann sagte sie: „Andreas, ich bin schwanger, nicht krank. Ich kann mir sehr gut mein Brötchen noch alleine schmieren und nein, mir ist nicht schlecht. War es mir, wenn ich schwanger war, noch nie." Aber natürlich genoss sie Andreas` Fürsorge sehr. Der Gedanke an ihre Kinder allerdings verursachte ihr zugegebenermaßen doch leichtes Bauchgrummeln. Leonie würde wohl erst spätnachmittags von ihrem Vater gebracht werden, Lennox wollte um die Mittagszeit wieder zurück sein. Anja und Andreas hatten die halbe Nacht beratschlagt, wie man es den beiden am besten sagen würde. Außerdem hatten sie beschlossen, dass Andreas nun schnellstmöglich von Mannheim hierher ziehen würde. Anja wollte gleich mal im Internet nach T-Shirts schauen, auf denen „Großer Bruder 2.0" und „Große Schwester" stand. Das sollten die Beiden anziehen, wenn Anja es ihren Eltern sagen wollte. Andreas fand die Idee großartig. Anja hatte damals Reiner schon mal etwas ähnliches vorgeschlagen, als sie mit Leonie schwanger war. Und der tat es mit „für so einen Quatsch kannst du dir einen anderen suchen" ab. Wie sehr genoss sie es nun, dass Andreas so ganz anders war. Man spürte in jeder Sekunde, wie sehr er sich auf seine neue Rolle als Vater freute. Aber sie hatte dann doch ziemlich viel Angst vor der Reaktion ihrer Kinder. Vor allem vor der von Lennox. Andreas sah ihr an, dass sie etwas bedrückte und intuitiv sagte er: „Mach dir nicht so viele Gedanken. Die Beiden sind großartig und werden sich bestimmt genauso freuen wie wir." Anja nickte und meinte nur: „Ich hoffe mal." Sie wollte Andreas weder seinen unerschütterlichen Optimismus noch sein Dauergrinsen seit gestern Abend nehmen. Aber tief im Inneren war ihr Angst und Bang. Andreas stellte seine Tasse auf den Tisch und sammelte die Krümel von seinem T-Shirt. „Ich würde jetzt mit der Terrasse anfangen, oder soll ich dir hier noch irgendetwas helfen?" Er trat hinter Anja und legte ihr sanft die Hände auf die Schultern. Sie lehnte ihren Kopf an ihn. „Nein, geh ruhig. Ich räume jetzt noch hier auf, dann komm ich auch mal raus. Ich muss später noch einkaufen, danach fahr ich kurz bei meinen Eltern vorbei." Sie stand auf und nahm die Teller mit in die Küche. Andreas drückte ihr im Vorbeilaufen noch einen Kuss auf die Wange, streichelte ihr kurz über den Bauch und sagte: „Bis später ihr zwei." Dann machte er sich auf den Weg Richtung Garten. Anja lächelte glücklich. Dieses Mal würde sie während ihrer Schwangerschaft sicher nicht alleine sein.

„Setzt euch, ich muss, beziehungsweise Andreas und ich, müssen mit euch reden." Anja schwitzte, Andreas saß neben ihr, drückte ihre Hand und nickte ihr beruhigend und aufmunternd zu. Vor ihr saßen ihre Kinder und sahen sie erwartungsvoll an. „Nun, ihr wisst doch, dass Andreas und ich uns sehr lieb haben, oder?" Leni nickte strahlend. „Ja, ihr küsst euch ja auch ständig." Sie kicherte. „Wollt ihr etwa heiraten? Man heiratet doch, wenn man sich ganz arg lieb hat, oder?" Anja sah Andreas an. Daran hatten sie beide noch nicht gedacht. Es würde ja immerhin auch bürokratische Vorteile für das Kind haben, wenn sie verheiratet wären. Aber das war hier und heute nicht das Thema. Sie wollte ihren Kindern irgendwie beibringen, dass sie nochmal ein Geschwisterchen bekommen würden. Lennox ganze Körperhaltung wirkte angespannt, er schien zu bemerken, dass dieses Gespräch in eine Richtung abdriftete, die er nicht wirklich wollte. Wenn es schon gleich zu Beginn um die ganz großen Gefühle ging, konnte das ja nix werden. Anja fuhr sich nervös mit der Hand durchs Gesicht. „Nein, Spätzchen, ans Heiraten haben wir gerade nicht gedacht. Aber das ist gar keine schlechte Idee." Sie lächelte ihre Tochter an. „Was würdet ihr davon halten, wenn wir unsere

Familie um ein weiteres Mitglied vergrößern würden?" Lennox riß die Augen auf. „Wir kriegen einen Hund? Cool!" Leonie stimmte mit ein. „Au ja, ein Hund wäre super. Am liebsten so einen kleinen, so wie Hannah einen hat. Mit dem könnte ich dann den ganzen Tag spielen und ich würde auch immer mit ihm spazieren gehen und mich um ihn kümmern." Leonie setzte ihre „Bitte Bitte" Miene auf. Anja schwitzte. Das lief gerade in die völlig falsche Richtung. Sie versuchte es nochmal. „Nein, einen Hund bekommen wir nicht. Aber klein ist es auch, und du könntest auch damit spazieren gehen. Und wenn du schön vorsichtig bist, kannst du es sogar füttern und später auf alle Fälle damit spielen." Es dauerte ein paar Sekunden, dann sah man deutlich, wie bei Lennox ganz langsam der Groschen fiel. Er stand auf. „Das ist jetzt nicht euer Ernst, oder?" Leonie sah ihn fragend an und Anja, aber auch Andreas wussten, dass hier gleich eine kleine Bombe platzen würde. „Lennox, setz dich bitte wieder hin. Ich möchte in Ruhe mit euch reden." Leonie blickte immer noch mehr als verwirrt von einem zum anderen, während Lennox sich äußerst widerwillig wieder hinsetzte. „Was ist denn hier los?" Leonies Gesichtsausdruck nahm einen leicht ängstlichen Zug an. Lennox sah sie wütend an. „Du raffst aber auch gar nichts, du dumme Gans! Die beiden kriegen ein Baby!!" Na toll, jetzt war es raus, nur leider sehr viel anders, als Anja sich das gewünscht hatte. Leonies Gesichtszüge entgleisten nun völlig, wenn auch in die entgegengesetzte Richtung wie die von Lennox. Sie strahlte über alle verfügbaren Backen und ihre Augen glänzten glücklich. „Mama, stimmt das wirklich? Kriegst du nochmal ein Baby?" Sie stand auf, kniete sich neben Anja und legte ganz vorsichtig ihre Hand auf deren Bauch. Anja musste sich schwer zusammenreißen nicht loszuheulen. Diese verflixten Hormone. Sie nahm Leonies Hand, zog sie hoch und sah ihr in die Augen. „Ja mein Schatz, wir bekommen noch ein Baby. Ende Oktober soll es auf die Welt kommen." In dem Moment gab es einen lauten Knall. Lennox war vom Stuhl aufgesprungen und hatte ihn dabei umgeworfen. Anja schaute ihn erschrocken an. Er schrie: „Macht doch was ihr wollt, dann ziehe ich halt zu Oma und Opa" dann rannte er zur Tür raus und knallte oben im ersten Stock seine Zimmertür. Leonie fing an zu weinen und Anja hätte am liebsten mit geheult. „Warum ist Lennox denn so böse? Das mit dem Baby ist doch toll." Sie verstand die Welt nicht mehr. Anja wollte aufstehen und ihrem Ältesten hinterherlaufen, aber Andreas hielt sie zurück. „Lass mich mal, vielleicht braucht er einfach mal ein Gespräch unter Männern. Mach uns mal einen Tee, ich gehe hoch zu ihm." Anja sagte zu Leonie: „Komm, wir beide gehen ein bisschen raus auf die Terrasse und du erzählst mir, wie es bei Papa war, einverstanden?" Seit die Kinder wieder daheim waren, hatte Anja keinen der beiden gefragt, ob sie eine schöne Zeit gehabt hatten, das wollte sie jetzt nachholen. Eine Stunde später kam Andreas wieder zu ihnen. Er wirkte sehr zufrieden. Anja sah ihn fragend an, aber Andreas meinte nur: „Das erzähle ich dir alles, wenn wir alleine sind. Aber du kannst dich entspannen, es ist alles gut. Und du kannst auf alle Fälle diese T-Shirts bestellen." Er nahm sie in den Arm und lachte. Und Anja vergoss nun doch ein paar Tränchen, dieses Mal vor Erleichterung.

„Ich bin soooo gespannt, wie Oma und Opa reagieren werden." Unglaublicherweise kamen diese Worte aus Lennox Mund, er der noch vor knapp einer Woche am liebsten ausgezogen wäre. Er, seine Schwester und Anja standen bei Leonie im Zimmer und probierten die T-Shirts an. Anja hatte insgesamt acht Shirts bedrucken lassen. Bei Leonie stand „Große Schwester", bei Lennox „Großer Bruder 2.0", bei Mathilda und Georg „Oma & Opa Vol. 3" und bei Finja und Ronja „Tante zum 1.. zum 2... uuund zum....3!" Anja war total aufgeregt, sie würden jetzt gleich zu ihren Eltern laufen und dort die Kinder ihre Jacken ausziehen lassen. Andreas war gerade noch zum Supermarkt gefahren, um alkoholfreien Sekt zum Anstoßen zu holen. Wobei Anja solange nichts sagen wollte, bis ihre Eltern von selbst drauf kämen. Lennox war seit dem Gespräch mit Andreas fast nicht mehr wieder zu erkennen. Andreas hatte Anja an diesem besagten Abend noch ein wenig erzählt, über was er mit Lennox geredet hatte. Und Anja war im ersten Moment regelrecht erschüttert, dass sie das alles bisher nicht wusste oder gemerkt hatte. Lennox Hauptproblem lag wohl überwiegend in der sehr seltsamen Beziehung zu seinem Vater. Er hatte sich, nach dem Drama um das abgesagte

Fußballspiel, völlig von ihm abgewandt und wollte Reiner am liebsten gar nicht mehr sehen. Als er nun erfuhr, dass seine Mutter nochmal schwanger war, war das für ihn gleichbedeutend mit „keiner will mich mehr haben." Andreas hatte ihm lange und sehr einfühlsam klargemacht, dass Lennox ja nun eigentlich eine riesige Verantwortung zu tragen hätte, so als großer Bruder. Und dass er der Herr im Haus wäre, wenn Andreas arbeiten müsste oder nicht da sein konnte. Er würde also dringend gebraucht werden und müsste deshalb unbedingt da bleiben. Andreas traf damit genau den richtigen Ton und Lennox begann nachzudenken. Am nächsten Tag nahm er seine Mutter fest in den Arm und sagte mit dem Ernst eines kleinen Erwachsenen: „Keine Angst Mama, wir vier werden das mit dem Baby schon hinbe-kommen. Ich werde ihm ein toller großer Bruder werden, das verspreche ich dir." Und schon musste Anja wieder heulen. Seitdem konnte man nicht wirklich behaupten, wer im Haus aufgeregter war. Jetzt sollten es also Mathilda und Georg erfahren. Draußen hörte man Andreas Auto vorfahren. „Los geht's, zieht eure Jacken drüber, es soll ja keiner VOR euren Großeltern wissen, oder?" Leonie und Lennox schlüpften in ihre Jacken und zusammen gingen sie nach draußen. „Na Familie, bereit?" Andreas war voll in seinem Element. Diese neue Chance, die ihm das Leben hier bot, machte ihn sehr zufrieden und glücklich. Er nahm Anja an der Hand, Leonie und Lennox rannten voraus. Bis zum Haus ihrer Großeltern waren es ungefähr zehn Minuten zu Fuß, das Wetter war jetzt, Ende Mai, perfekt für einen kleinen Spaziergang. Anja war mittlerweile in der 16. Woche und somit ließ sich der Bauch auch bald nicht mehr wirklich verstecken. Sie bekam schon ihre Hosen nicht mehr zu. Mathilda stand schon am Zaun und winkte ihnen entgegen. Anja hatte sie heute morgen angerufen und die ganze Familie für heute Nachmittag angekündigt. Georg war noch im Garten zugange, jetzt im Frühling, beziehungsweise im Frühsommer, gab es für ihn immer jede Menge Arbeit. Ronja würde gegen Abend auftauchen, Finja und Doro würde man erst nächstes Wochenende treffen können. „Aufgeregt?" Andreas sah seine Anja von der Seite an und strich sanft mit seinem Daumen über ihre Hand. „Und wie. Mein Herz klopft bis zum Hals." Sie lächelte zaghaft und schluckte. Wenn das mit diesen übertriebenen Emotionen die nächsten sechs Monate nicht besser werden würde, tat ihr ihre Familie jetzt

schon leid. „Huhu Oma, gibt's Kuchen?"
Leonie rannte auf ihre Oma zu und fiel ihr in
die Arme. „Hallo mein Schatz. Natürlich gibt's
Kuchen, du kleines Schleckermäulchen. Ich
habe sogar extra für dich einen Schokoladen-
Kuchen gebacken." Leonie leckte sich über die
Lippen und flitzte ins Haus. Lennox war fast
genauso aufgeregt wie seine Schwester, ließ es
sich nur nicht anmerken. Und Anja hatte
schwitzige Hände und einen ziemlich
trockenen Mund. Sie hoffte, dass ihre Mutter
ihr nicht gleich ansehen würde, dass
irgendetwas heute anders war. „Alles gut bei
dir? Du siehst so blass aus." Mist, dieser Frau
konnte man wirklich nichts vormachen. „Ja
Mama, alles bestens. Wo ist Papa?" Mathilda
schloss das Hoftor hinter Anja und Andreas
und folgte den beiden ins Haus. „Ich ruf ihn
gleich rein, der sät gerade Radieschen und
bringt die Tomaten in die Erde." Mathilda
öffnete das Küchenfenster und rief „Schorsch
kommst du? Die Kinder sind da und der Kaffee
ist fertig. Ihr zwei, wollt ihr Eure Jacken nicht
ausziehen? Hier drin ist es doch warm."
Lennox setzte sich auf einen der Esszimmer-
Stühle und schüttelte den Kopf. „Ne lass mal
Oma. Später vielleicht." Leonie kicherte,
woraufhin ihre Oma zwar etwas seltsam
schaute, aber nichts mehr sagte. „Na kommt,

dann setzt euch mal." Georg kam durch die Hintertür in die Küche und rief: „Ich komme gleich, nur noch schnell Hände waschen." Anja hängte die Tasche mit den drei T-Shirts für Mathilda, Georg und Ronja über die Stuhllehne und ließ sich aufatmend fallen. Sie kam sich vor, als sei sie einen Marathon gelaufen. Das würde noch lustig werden die nächsten Wochen. Ihre Mutter sah sie skeptisch an. „Bist du sicher, dass alles in Ordnung bei dir ist?" Anja lächelte. „Ganz sicher Mama." Georg betrat freudestrahlend das Esszimmer. „Hallo Meute! Na, geht's euch allen gut?" Er lief zu Andreas, ihn hatte er jetzt die letzten zwei Wochen nicht gesehen. „Hallo mein Junge, wie geht's dir? Was machen die Verbrecher?" Anja freute sich, dass ihr Papa sich so gut mit Andreas verstand. Mit Reiner war er nie wirklich warm geworden. „Ich denke, ich habe Mannheims Unterwelt gut im Griff." Andreas lachte. Mathilda brachte den Schokokuchen und die Kanne mit Kaffee. Leonie und Lennox sahen Anja an und warteten auf ihr Zeichen, dass sie die Jacken ausziehen durften. Anja nickte. „Ich glaube, ich ziehe meine Jacke jetzt doch aus, mir wird's gerade zu warm." Betont cool stand Lennox auf und öffnete seinen Reißverschluss. Leonie tat es ihm gleich und beide zogen fast zeitgleich ihre Jacken aus. Dann hängten sie sie langsam über die Stuhllehnen und gaben Mathilda und Georg die Möglichkeit, genauer hinzusehen. Auf den Shirts war vorne noch jeweils ein Schnuller aufgedruckt, alles in allem sehr plakativ und äußerst auffällig. „Ach wie süß, ihr tragt ja beide das selbe T-Shirt. Oder nein, warte mal, da steht ja immer was anderes. Zeig doch mal, die sind ja wirklich toll." Leonie ging zu ihrer Oma und stellte sich demonstrativ vor sie hin. Lennox stellte sich auf die andere Seite und streckte die Brust raus. Beide Kinder grinsten und versuchten, nicht laut loszulachen. Mathilda zog an den T-Shirts und murmelte „große Schwester, großer Bruder…hm, das mit dem großen Bruder versteh ich ja, aber was soll das mit der großen…. HE, MOMENT MAL!!!" Mathilda sprang vom Stuhl auf. Georg sah sie leicht irritiert an, er hatte bisher noch nicht wirklich mitbekommen, was los war. Irgendwas mit T-Shirts, aber so genau wusste er es jetzt nicht. Als seine Frau jetzt auch noch völlig konfus Anja anbrüllte: „Mach mal dieses Schlabber-ding da hoch" war es um sein Verständnis komplett geschehen. Er zweifelte gelinde gesagt, leicht am Geisteszustand seiner Gemahlin und wollte schon besorgt fragen, ob er vielleicht einen Arzt holen sollte. Dann aber, als Anja ohne Widerworte aufstand und langsam ihr wachsendes Babybäuchlein enthüllte, fiel es ihm wie Schuppen von den Augen. Mathilda schlug die Hände vors Gesicht und fing an zu weinen. Georg riss zuerst die Augen, dann den Mund auf und dann Anja fest an sich. „Ich werde nochmal Opa! Das ist die schönste Überraschung seit langem." Mathilda schnäuzte sich und drückte Anja, während Georg sich Andreas schnappte und ihm freudig gratulierte. „Wann ist es denn soweit? Du siehst aus, als wärst du mindestens schon im dritten Monat." Mathilda kriegte sich gar nicht mehr ein vor lauter Freude. Sie zog Leonie zu sich auf den Schoß. „Und mein kleines Mädchen wird eine stolze große Schwester, ist das nicht groß-artig?" Leonie strahlte wie ein Honigkuchen-Pferd. „Na und ob das großartig ist. Ich geh dann mit dem Baby spazieren und füttere es und wenn es groß ist kann ich mit ihm spielen." Lennox hakte ein. „Ich werde dem Baby später Fußball spielen und Mathe beibringen. Das kann ich nämlich viel besser als Leonie." Mathilda lachte glücklich. „Ich sehe, ihr beide seid gut vorbereitet. Dann fragen wir doch mal die Mama, ob die auch so gut vorbereitet ist." Anja hatte sich in der Zwischenzeit ein Glas Wasser geholt und wieder neben Andreas gesetzt. „Ich bin sogar schon im vierten Monat, ich hab's dieses Mal ziemlich spät erst gemerkt, dass ich schwanger bin." Nachdem sich Georg auch wieder gesetzt und etwas beruhigt hatte, fragte er: „Wann kommt das Baby dann? Und ziehst du dann hierher?" er sah Andreas an. Diese Frage war mehr als berechtigt und Anja und Andreas hatten dafür sogar noch eine Überraschung in petto, von der bisher nicht mal ihre Kinder etwas wussten. Andreas war an dem Tag, nachdem ihm Anja verkündet hatte, dass er Vater werden würde, abends mit einem riesigen Strauß roter Rosen zu ihr gekommen und war vor ihr auf die Knie gefallen. Eigentlich hatte er sich einen wunderschönen Spruch zurechtgelegt, so in der Art „du bist die Liebe meines Lebens, noch nie war ich glücklicher als mit dir, ich möchte mit dir den Rest meines Lebens verbringen, willst du meine Frau werden?" Aber als er dann vor ihr stand und ihre leuchtenden Augen und das kleine Bäuchlein sah, fing er völlig unmännlich an zu heulen und stammelte: „Wollt ihr mich heiraten?" Anja war völlig von den Socken. Sie konnte sich keinen besseren Mann für sich und Stiefvater für ihre beiden Kinder wünschen und vorstellen. Und ganz bestimmt würde er ein ganz wundervoller Papa für sein Kind werden. Also hauchte sie völlig ergriffen und ohne lang zu überlegen „JA, natürlich will ich!!" Sie wollten noch im August standesamtlich heiraten, die kirchliche Hochzeit sollte dann ein Jahr später stattfinden. Jetzt, bei ihren Eltern im Esszimmer war also der perfekte Zeitpunkt, damit herauszurücken. Anja nickte Andreas aufmunternd zu, er durfte die große Neuigkeit verkünden. „Ja, ich werde so bald wie möglich hierherziehen. Die meiste Zeit bin ich ja sowieso schon da, und vorgestern habe ich meine Wohnung in Mannheim gekündigt. Ihr solltet euch aber alle schon mal den neunten August freinehmen." Er zwinkerte in die Runde. Leonie und Lennox schauten ratlos von einem Erwachsenen zum anderen, aber selbst Mathilda und Georg standen völlig auf dem Schlauch. Anja grinste. „Ja, und vielleicht solltest du deinen guten Anzug vorher noch in die Reinigung bringen, Papa." Jetzt fiel bei Mathilda der Groschen. „OHHHH, ich werde wieder eine Schwiegermama, wie schön." Sie klatschte aufgeregt in die Hände. Leonie sah hilfesuchend ihren Bruder an, der zuckte aber nur ahnungslos mit den Schultern. Georg stand auf und drückte Anja ganz vorsichtig an sich. In seinen Augen glitzerte es verdächtig. „Ihr bringt einen alten Mann heute aber ganz schön nah an den Rand aller Sentimentalitäten" brummte er. „Ich freue mich so für dich, endlich mal ein gescheiter Mann!" flüsterte er Anja ins Ohr. Die musste lachen. „Ja, ich weiß, hat halt bei mir jetzt etwas länger gedauert. Aber am Ende hat das wohl so sein sollen." Mathilda klärte in der Zwischenzeit ihre immer noch sehr verwirrt dreinblickenden Enkel auf. „Andreas und eure Mama werden heiraten." Während Leonie jubelnd durchs Zimmer hüpfte, fing Lennox sofort an zu überlegen. „Aber dann heißen wir ja ganz anders als Mama." Anja sah ihn an. Natürlich hatten sie und Andreas darüber auch schon gesprochen. Die Kinder hießen nach wie vor Eratz, so wie Reiner. Anja hatte nach der Scheidung ihren Mädchennamen Blomen wieder angenommen. Jetzt würde sie aber in absehbarer Zeit Meyer heißen. Sie musste mit Reiner reden. Wenn er damit einverstanden war, konnten die Kinder Andreas Nachnamen annehmen. „Mach dir darüber mal keine Gedanken, ich rede mal mit eurem Vater." Sie hörte Lennox noch grummeln „Das kannst du dir sparen, mit dem kann man doch nicht reden", aber sie tat so, als hätte sie es überhört. „Dann wird das ja ein unglaublich aufregendes Jahr für die Blomens." Georg kam mit Andreas zurück ins

Esszimmer, sie hatten Sektgläser geholt zum Anstoßen. Als Andreas den alkoholfreien Sekt aus der Tasche holte, fielen ihm die T-Shirts für seine zukünftigen Schwiegereltern in die Hände. Er zog sie raus und drückte sie Anja in die Hand. „Hier, die hätten wir beinahe vergessen." Anja faltete sie auseinander und hielt sie ihren Eltern unter die Nase. „Die sind für euch. Dass ihr das auch ja nicht vergesst, dass ihr wieder Großeltern werdet." Mathilda hielt es sich vor die Brust und strahlte und Georg zog sein Exemplar sofort über. „Damit gehe ich am Montag mit stolzgeschwellter Brust einkaufen." Anja grinste. „Ich habe auch noch eins für Ronja in der Tasche, weiß man schon, wann sie heimkommt?" Mathilda sah auf die Uhr. „Sie wollte gegen halb sechs da sein. Die wird Augen machen. Das Baby überschneidet sich wahrscheinlich mit etwas, auf das sie sich gerade wahnsinnig freut. Aber das darf sie euch selbst erzählen. Ich hol jetzt mal den Kuchen, den haben wir in der Aufregung ja völlig vergessen."

Drei Stunden später tauchte Ronja dann auf. Dadurch, dass sie alle nun nicht mehr weit entfernt voneinander wohnten, sah man sich zwar regelmäßig, aber Ronja freute sich immer, wenn ihre Nichte und ihr Neffe da waren. Sie liebte die beiden sehr und war alles in allem eine richtig coole Tante. „Ihr guckt alle hier, so als hätten wir eine Kreuzfahrt auf dem Traumschiff gewonnen. Hab ich was nicht mitgekriegt. Gibt's was zu feiern?" Sie deutete auf die Flasche Sekt auf dem Tisch.

„Alkoholfrei? So was trinken doch nur Kinder und Schwangere!" Andreas stand auf und legte den Arm um Ronja. „Da hast du vollkommen Recht liebe Schwägerin. Und beides haben wir hier am Tisch." Nach diesem Satz war es mucksmäuschenstill am Tisch. Man konnte beobachten, wie Ronja langsam und stetig die Gesichtszüge entglitten, bis sie an dem Punkt angelangt war, an dem das Gesagte ihr komplettes Hirn erreicht hatte. „DU BIST SCHWANGER??" Sie schrie, riß Anja vom Stuhl, wirbelte sie herum und tastete ungefragt über deren Bauch. „Oh, ich fass es ja nicht, ein Babybauch. Wie geil ist das denn bitte schön?? Wann kommt es? Was wird es? Darf ich dabei sein? Ahhhh, ich werde nochmal Tante, das ist das Allerbeste überhaupt!" Andreas zog sie sanft am Arm. „He, schüttel mal meine Frau und mein Kind nicht so, bevor es den beiden schlecht wird." Ronja guckte sofort extrem schuldbewusst aus der Wäsche. „Tschuldigung, stimmt, wir sollten jetzt alle ganz arg auf dich aufpassen. Und außerdem ist sie ja gar nicht deine Frau."

Sie streckte Andreas die Zunge raus. Anja nahm sie lachend in den Arm. „Also erstens bin ich ja nicht aus Zucker und auch nur schwanger und nicht ernsthaft krank. Zweitens, das Baby kommt Ende Oktober, ich bin also im vierten Monat. Drittens glaube ich nicht, dass es eine prickelnde Idee ist, DICH mit in den Kreißsaal zu nehmen. Du willst doch bestimmt irgendwann auch mal eigene Kinder, da möchte ich dir die Vorfreude nicht nehmen. Viertens, ich bin NOCH nicht seine Frau und fünftens, ja du wirst nochmal Tante und deshalb bekommst du auch so ein schickes T-Shirt wie die beiden hier. Und für Finja habe ich auch noch eins. Also bitte noch nichts verraten, die sehe ich erst nächste Woche." Ronja wurde blass, ließ sich auf einen Stuhl fallen und schlug die Hände vors Gesicht. Anja war nun völlig irritiert. „Ronja? Hab ich was Falsches gesagt." Ronja schüttelte den Kopf, dann nahm sie die Hände wieder runter und schickte fast schon verzweifelt Blicke gen Himmel. „Ich wollte dich damit überraschen. Ich darf dieses Jahr mit Thomas auf die Schokoladenmesse nach Tübingen." Anja freute sich. „Aber das ist doch toll, was soll dann das bedröppelte Gesicht?" Ronja seufzte. „Ja, prinzipiell ist das super, wenn die Messe nicht ausgerechnet im Oktober wäre.

Jetzt habe ich Angst, ich verpasse die Ankunft unseres neuen Familienmitgliedes." Sie heulte fast. Anja und der Rest wusste jetzt nicht wirklich, was sie darauf sagen sollten. Dann nahm Anja sie in den Arm. „Ich verspreche dir, ich tue mein Möglichstes, dass DU da bist wenns soweit ist." Ronja schniefte „wehe wenn nicht!" Dann fiel ihr noch was ein. „Was heißt übrigens „ich bin NOCH nicht seine Frau? Gibt's da noch was, das ich wissen sollte?" Georg rief von seinem Stuhl aus „ja, und wie ich dich kenne wird das wieder teuer. Du wirst ein neues Kleid brauchen." Ronja streckte zufrieden die Füße von sich. „Gott sei Dank, endlich ein richtiger Mann in der Familie!" Woraufhin Georg völlig empört mit der Serviette nach ihr warf.

„Schaahaatz, wo hast du denn meine Fliege hin?" Anja verdrehte die Augen. Dieser Mann trieb sie heute noch regelrecht in den Wahnsinn. Sie war da erheblich entspannter. Ob's jetzt an der Tatsache lag, dass ihre Hormone sie dauermüde machten, oder daran, das sie das alles schon mal mitgemacht hatte, wusste sie auch nicht. Wahrscheinlich kam die Aufregung erst kurz vorm Jawort. In zweieinhalb Stunden mussten sie auf dem Standesamt sein und Andreas rannte hier herum wie ein kopfloses Huhn. Sie selbst war noch im Bademantel und hatte ein Handtuch auf dem Kopf. Finja würde gleich kommen und sie schminken und ihr die Haare machen, dann musste Andreas sowieso zu ihren Eltern. Er sollte sie vorher nicht zu Gesicht bekommen. Sie ging zu ihm ins Schlafzimmer. Er stand da in Hemd und Unterhosen und guckte so wirr aus der Wäsche, dass Anja hellauf lachen musste. Sie nahm ihn in den Arm. „Wenn du nachher immer noch so neben der Spur läufst, habe ich die Befürchtung, du sagst aus Versehen „Nein" wenn du auf dem Standesamt an der Reihe bist." Er schmiegte sich an sie. Was bei dem stetig wachsenden Bauch mittlerweile wirklich schwierig war. Sie war jetzt im siebten Monat und sah unglaublich toll aus. Andreas liebte jeden wachsenden

Zentimeter ihres Körpers und konnte auch jetzt kaum die Finger von ihr lassen. Anja schnurrte. „Lass das, SO werden wir heute nicht mehr fertig. Am Ende stehen die alle vorm Standesamt und warten auf uns."
Andreas knabberte an ihrem Hals. „Na und, ich wette mit dir, ohne UNS läuft da heute gar nichts. Ich möchte doch meine letzten Minuten in Freiheit noch mal so richtig genießen." Anja wollte gerade lautstark protestieren, als er sie leidenschaftlich küsste. Anja war heilfroh, dass sie bisher weder geschminkt noch frisiert war….
Als Finja eine halbe Stunde später erschien hatte Anja immer noch leicht gerötete Wangen. Finja machte sich ans Werk und eine knappe Stunde später blickte Anja in den Spiegel und war mehr als zufrieden. Die Schwangerschaft stand ihr tatsächlich ausgezeichnet, und Finja hatte wieder mal ganze Arbeit geleistet. Da Anja nun schon lange einen leicht fliederfarben-lilafarbenen Ton in den Haaren hatte, hatte sie sich für ein Augen-Make-up in ähnlichen Farben entschieden. Sie trug einen etwa kinnlangen Bob, die linke Seite hatte Finja ihr mittels einer silbernen Strass-Spange zurückgesteckt. Die andere Seite fiel ihr weich ins Gesicht, wobei eine Strähne mithilfe eines Haarpuders

nochmals in einem dunkleren Lila-Ton eingefärbt wurde. Die Augen waren etwas dramatischer betont und gaben Anja ein fast schon verruchtes Aussehen. Um den Hals trug sie ein kleines silbernes Herz, das Andreas ihr letztes Jahr zu Weihnachten geschenkt hatte. Das Kleid war ein absoluter Traum. Es war fliederfarben, knielang mit weit schwingendem Glockenrock, oben eng-anliegend mit einem herzförmigen Ausschnitt, die halblangen Ärmel waren aus durch-brochender Spitze. Unterhalb der Brust befand sich ein schmaler Gürtel aus lilafarbenen Swarovski-Steinchen mit silbernen Blüten. Er betonte perfekt die ziemlich große Babykugel. Dazu hatte sich Anja ein Cape und Schuhe in der Farbe vom Gürtel gekauft. Als sie alles anhatte und vor dem großen Spiegel im Schlafzimmer stand rief Finja „wag dich zu heulen, der Lidschatten ist nicht wasserfest." Sie selbst putzte sich gerade zum dritten Mal die Nase. „Du siehst so wunderschön aus, ich gönne dir dein Glück von ganzem Herzen." Sie schnappte sich die silberne Clutch für Anja vom Bett und ihre eigene schwarze Handtasche aus der Ankleide. „So Frau „noch" - Blomen. Bereit für den nächsten großen Schritt in deinem

Leben?" Anja warf noch einen letzten Blick in den Spiegel. Und ob sie bereit war..

„Hiermit erkläre ich Sie Kraft meines mir verliehenen Amtes rechtmäßig zu Mann und Frau. Sie dürfen die Braut jetzt küssen!" Das ließ sich Andreas bestimmt nicht zweimal sagen. Er konnte es ja immer noch nicht glauben, dass er nun mit dieser absolut wundervollen Frau verheiratet war. Als er sie vorhin das erste Mal in ihrem Kleid gesehen hatte, hatte es ihm völlig die Sprache verschlagen. Er war froh, dass er das „Ja" wenigstens noch klar und deutlich über die Lippen gebracht hatte. Als er sie nun zärtlich und voller Stolz küsste, fing sein Vater an zu klatschen. „Bravo ihr Beiden" rief er. Der Rest der Gesellschaft tat es ihm gleich. Auch wenn nicht allzu viele da waren. Sie wollten eine Hochzeit in kleinem Kreis, die große Feier sollte ja erst im nächsten Jahr stattfinden. Neben seinem Vater und Anjas Eltern waren da noch Finja mit Doro, Ronja und Lena, Greta und Rosa und Karl, die Schwester und der Schwager von Georg aus der Schweiz. Andreas bester Freund Matze war sein Trauzeuge, Anjas Trauzeugin war ihre langjährige

Freundin Marion. Nach der Trauung begab sich die kleine Gesellschaft in ein Restaurant zwei Ortschaften weiter. Nachdem alle Platz genommen und etwas zu trinken vor sich hatten, erhob Anja sich. Sie klopfte mit einem Messer an ihr Glas und augenblicklich wurde es still. „Ich weiß, das ist normalerweise die Aufgabe des Brautvaters oder zur Not auch des Bräutigams. Aber ich habe etwas zu verkünden, bevor irgendjemand anderes gleich vielleicht noch eine ausgefeilte Rede schwingen möchte." Sie blickte schelmisch in die Runde, während ihr Vater so tat, als sei er gar nicht da. „Wie ihr ja heute quasi „live" mitbekommen habt, heiße ich ab jetzt „Meyer". Ich hatte vor einiger Zeit ein etwas längeres und nervenaufreibendes Gespräch mit meinem Ex-Mann. Und auch wenn ich es selbst nie für möglich gehalten hätte: Wir sind zu einer Einigung gekommen. Und da ich das bisher noch niemandem erzählt habe, wird das nun eine Überraschung für ALLE An-wesenden. Vor allem aber für meine Kinder. Und natürlich auch für dich, mein geliebter Mann." Sie winkte Leonie und Lennox zu sich. „Ich darf also nun mit Freuden verkünden, dass Reiner nach langem Hin und Her einer Namensänderung für euch zugestimmt hat. Wir haben übernächste Woche einen Termin auf dem zuständigen Standesamt. Mein lieber Andreas: die Kinder werden alle drei deinen Nachnamen tragen. So, und jetzt hätte ich gerne ein Taschentuch. Elender Hormonüberschuss." Sie war allerdings nicht die Einzige am Tisch, die eins benötigte. Ihre Eltern, ihr Mann und sogar Greta waren eifrig am tupfen und am schnäuzen. Alle klatschten und ihre Kinder umarmten sie und strahlten. Andreas nahm ihr Gesicht in beide Hände und sah sie an. „Du und die Kinder, ihr seid das Beste was mir je passiert ist, weißt du das? Ich liebe dich über alles Frau Meyer. Und wenn ich jetzt nicht gleich einen Kaffee und ein Stück Torte kriege kippe ich aus den Latschen. Ich bin schon völlig unterzuckert vor Aufregung." Gute Idee. Sie winkten dem Kellner zu und der begann, Kaffee und Kuchen zu servieren. Am anderen Ende des Tisches waren Greta und Werner in ein anregendes Gespräch vertieft. „Ich wusste ja gar nicht, dass Mathilda so eine charmante und gut aussehende Freundin hat." Werner war wieder mal voll in seinem Element. Und er musste zugeben, die Frau war ihm tatsächlich nicht unsympathisch. Sie hatte so ein Strahlen in den Augen und offenbar sehr viel Sinn für Humor. Und auch Greta fand ihren Tischnachbarn ziemlich interessant. „Wo wohnen

Sie denn genau, Werner? Andreas erzählte mal, mitten in Mannheim. Das stelle ich mir aufregend vor, so mitten in der Stadt." Werner lachte. „Ja, ich wohne tatsächlich mittendrin. Eigentlich eher was für junge Leute, aber ich wohne dort nun schon über acht Jahre und fühle mich sauwohl. Ich habe alles in meiner Nähe, was ich brauche. Hier bei euch würde ich glaube ich komplett versauern. Was treibt ihr hier im Sommer so den lieben langen Tag?" Greta sah ihn aufmerksam an. Etwas an diesem Mann faszinierte sie. Er war so voller Elan und Lebenslust, dass es eine Freude war, sich mit ihm zu unterhalten. „Nun ja, wir leben ja nun wahrlich nicht auf einer einsamen Insel. Bei uns kommt sogar alle halbe Stunde ein Bus, man stelle sich vor. Wir haben hier ein nettes Freibad, eine Eisdiele, schöne Cafés und Bäckereien, einen Park, in dem man ganz wundervoll spazieren gehen kann, Lebensmittelmärkte und einige kleinere Einzelhandelsgeschäfte. Wie Sie sehen, haben wir eigentlich also auch alles, nur halt eben auf kleinerem Raum. UND wir haben meistens einen Garten oder eine Terrasse, wo wir uns im Sommer aufhalten können. Ich kann mich entsinnen, dass bei euch in der Stadt die Luft im Sommer steht, und es einem vorkommt, wie in einem Hochofen. Bei uns kühlt es nachts dann doch immer mal ein wenig herunter. Und die Luft ist einfach herrlich, vor allem abends, wenn man mit Freunden noch zusammen sitzen, grillen und etwas trinken kann. Eigentlich sind das doch alles unschlagbare Argumente für ein beschauliches Landleben. Oder haben Sie das alles in Ihrer Großstadt auch?" Werner sah Greta nahezu verblüfft an. „Das war das beste Plädoyer für das Landleben das ich jemals gehört habe. So wie Sie das gerade schildert haben habe ich regelrecht Kuhglocken läuten gehört und habe schon überlegt, einen Makler anzurufen, um mir hier ein Haus zu kaufen. Sie sollten in der Tourismus-Branche arbeiten, eine bessere Werbetreibende für diese Gegend werden die wohl kaum finden." Greta lief rot an und murmelte dann „ja, verarsch mich doch." Aber Werner lächelte nur herzlich. „Ich habe das überaus ernst gemeint. Und außerdem gibt es hier offenbar unglaublich nette Leute." Er sah sich am Tisch um. Dort saß seine komplett „neue Familie" und er mochte sie alle. Durch die Bank weg. Als Anja und Andreas ihm mittels eines Schnullers und eines Ultraschallbildes die Neuigkeit überbrachten, dass er dieses Jahr noch Opa werden würde, konnte er sein Glück kaum in Worte fassen. Er hatte mit seiner Frau 36 Jahre lang ein schönes, glückliches Leben gehabt, und nach ihrem Tod hatte er sich die erste Zeit fast völlig zurückgezogen. Nicht mal Andreas kam mehr an ihn heran. Ein Jahr später hatte er dann die große Eigentumswohnung am Stadtrand von Mannheim verkauft und war in die kleine Mietwohnung in der Innenstadt gezogen. Ja, er hatte hier alles, was er brauchte und Andreas sah regelmäßig nach ihm. Aber so manches Mal fühlte er sich doch ungeheuer einsam. Trotz seiner vielen Damenbekanntschaften. Sie waren ein netter Zeitvertreib, nicht mehr und nicht weniger. Jetzt, als er hier mit dieser interessanten Frau am Tisch saß, wurde ihm einmal mehr bewusst, dass es vielleicht noch einmal Zeit für eine kleine Veränderung wäre. „Außerdem ist das eine hervorragende Idee mit dem „Du". Herr Ober, könnten wir zwei Gläser Sekt bekommen bitte?" Mathilda sah über den Tisch zu den Beiden hinüber und legte fragend, aber wortlos den Kopf schief. Greta lächelte nur leicht verschämt und zog keck die Augenbrauen nach oben. Der Kellner brachte zwei Gläser und Werner erhob sein Glas und prostete Greta zu. „Auf das Leben, was immer es uns noch bringen mag! Ich bin Werner." Greta stieß mit ihm an. „Und ich bin Greta." „Sehr angenehm Greta, es freut mich wirklich sehr, Deine Bekanntschaft zu machen." Seine hellgrünen Augen verursachten in ihr leichtes Herzklopfen und eine gewisse Unruhe in der Magengegend. Sie entschuldigte sich und machte sich auf den Weg zur Toilette. Beim Händewaschen blickte sie in den Spiegel. Ihre Wangen waren gerötet und ihre Augen glänzten. „Mensch altes Mädchen, lass den Scheiß. Das führt doch zu nichts" murmelte sie ihrem Spiegelbild zu. „Alles gut bei dir?" Mathilda war unbemerkt hinter sie getreten und Greta zuckte erschrocken zusammen. „Ja ja, alles wunderbar." Sie drückte den Hebel vom Wasserhahn nach unten und hielt sich die nassen Hände ins Gesicht. Ahh, das tat gut. Mathilda beobachtete sie schmunzelnd. „Hat dich Werner nervös gemacht? Ist ein ganz Netter, oder?" Greta lächelte. „Naja, was heißt nervös? Es war halt schön, mit ihm zu plaudern." Sie trocknete sich die Hände ab und grinste dann ihrem Spiegelbild nochmal zu. Mathilda hakte sich bei ihr unter. „Ich würde es dir gönnen, immerhin hattest du noch nicht wirklich viel Schönes in deinem Leben. Und schön ist Werner ja definitiv!" Die beiden kicherten wie Teenager. „Komm, Andreas möchte mit Anja einen Hochzeitstanz tanzen. Das will ich auf gar keinen Fall verpassen." Sie setzten sich zurück auf ihre

Plätze. Andreas und Anja standen so eng umschlungen wie möglich auf der kleinen Tanzfläche und sahen sich verliebt in die Augen. Dann setzte die Musik ein. Sie wiegten sich mit geschlossen Augen während Andreas seine linke Hand auf Anjas Bauch gelegt hatte. Jeder im Raum spürte die Liebe, die von diesen beiden Menschen ausging. Georg legte den Arm um seine Mathilda und drückte sie an sich. Finja und Doro hielten verliebt Händchen und Ronja und Lena träumten beide in diesem Moment von der eigenen großen Liebe, die irgendwann vielleicht selbst mal an ihre Tür klopfen würde.

Der Abend wurde noch ziemlich lustig. Mathilda, Georg, Rosa und Karl hatten sich gegen 23 Uhr verabschiedet und den Jüngeren das Feld überlassen. Georgs Schwester und ihr Mann würden bei den Blomens in Ronjas kleinem Reich übernachten, morgen würde es für sie zurückgehen in die Schweiz. Ronja übernachtete bei Lena, die beiden hatten sich jetzt schon wieder einige Zeit nicht gesehen und hatten sich viel zu erzählen. Greta tanzte bis spät in die Nacht mit Werner und ließ sich dann von ihm nach Hause bringen. Sie hatten sich den ganzen Abend über prächtig unterhalten und Telefonnummern ausge-tauscht. Werner wollte unbedingt mit Greta am nächsten Wochenende durch den Park spazieren, von dem Greta ihm so vorgeschwärmt hatte. Und außerdem wollte er diese geheimnisvolle Frau gerne noch ein wenig näher kennenlernen. Alles in allem war diese Hochzeit also ein perfekter Beginn für ein neues Leben... vielleicht nicht NUR für Anja und Andreas.

Lena und Ronja saßen gemeinsam am Frühstückstisch. Ronja hatte ein Glas Wasser vor sich, in dem eine Aspirin fröhlich vor sich hin sprudelte. Sie hatte den Kopf in beide Hände gestützt und die Augen geschlossen. Lena kam pfeifend mit einem Brötchenkorb aus der Küche und knallte ihn geräuschvoll auf den Tisch. Ronja schreckte hoch. „Spinnst du? Kann man das nicht ein ganz klein wenig leiser machen?" Lena verzog spöttisch die Mundwinkel. „Warum hast du auch unbedingt mit dem Barkeeper noch fünf Maracuja-Shots trinken müssen? Da hätte ich heute nicht nur Kopfschmerzen, da würde ich nicht mehr von der Kloschüssel wegkommen." Sie stellte noch eine Flasche Wasser auf den Tisch. Ronja schnappte sie sich, setze sie an und trank sie in einem Zug bis auf die Hälfte leer. Dann schüttete sie die Aspirin hinterher und rülpste so laut, dass Lena Angst um die Fenster hatte. „Meine Herren, an dir ist echt ein Bauarbeiter verloren gegangen." Sie setzte sich und schnitt sich ein Brötchen auf. „Iss was, dann hat dein Magen wenigstens etwas zu tun." Sie schob den Korb Richtung Ronja, die aber drehte angewidert den Kopf weg. „Du hast nicht zufällig so etwas wie einen Rollmops im Haus, oder?" Lena grinste. „Ne, aber ich kann dir eine Suppe oder so machen." Ronja funkelte sie an, nahm sich ein Brötchen aus dem Korb und biss hinein. Es schmeckte wie ein alter Pappkarton. Sie kaute als müsste sie eine alte Schuhsohle mit den Zähnen bearbeiten. „So, jetzt erklär mir doch das mit deiner Mutter nochmal genau." Aufmerksam sah sie Lena an, die hatte ihr gestern zwischen Standesamt und Essen irgendetwas von ihrer Mutter erzählen wollen, aber in dem Trubel hatte Ronja nicht richtig zugehört. Lena kaute und lehnte sich dann zurück. „Meine Mutter möchte ausziehen!" Das war eigentlich eher so ein Satz für die Kinder des Hauses, das hier jetzt die Mutter ausziehen wollte klang mehr als merkwürdig. Aber Lenas Mutter Karin war ja schon immer anders. Sie hatte ihrer Tochter im Mai einen neuen Mann präsentiert, mit dem es ihr dieses mal ernst zu sein schien.

Jedenfalls war sie kaum noch zu Hause und vor ein paar Tagen hatte sie dann verkündet, dass sie zu ihm nach Frankfurt ziehen würde. Jetzt stellte sich natürlich die Frage, was mit dem Haus passieren sollte. Lena war durch ihr Studium nur noch sehr sporadisch da, die meiste Zeit würde es also leer stehen. Das Haus gehörte ihnen Beiden, das hatte Lenas Vater nach der Scheidung so festlegen lassen. Karin war es offenbar völlig egal, sie überließ es Lena, wie es nun weitergehen sollte. „Und? Hast du dir schon was überlegt?" Nachdem Ronja das trockene Brötchen runtergewürgt hatte und die Aspirin so langsam ihren Dienst tat, ging es ihr schon erheblich besser. Lena starrte kauend Löcher in die Luft. Dann antwortete sie: „Nein, noch nicht wirklich. Am geschicktesten wäre es wahrscheinlich, dass Häuschen zu vermieten. Groß ist es ja nicht, die Miete wäre also nicht wirklich was zum reich werden. Aber vielleicht reicht es, dass ich mir in Darmstadt eine nette kleine WG suchen kann." Ronja fand die Idee gar nicht schlecht. Nur, wo bekam man auf die Schnelle einen geeigneten Mieter her? Lena trank noch einen Schluck Kaffee. „Ich denke, ich werde nochmal mit meiner Mutter reden, was sie davon hält. Und FALLS sie sich irgendwann dann doch mal wieder von diesem Mann trennen sollte, könnte sie wenigsten wieder irgendwann hierher zurück. Wenn wir verkaufen wäre es weg, wäre ja eigentlich schade drum. Wie sieht's eigentlich bei dir so in Sachen Liebe aus meine Gute?" Sie blickte Ronja herausfordernd an. Ronja war eigentlich an dem Punkt, an dem sie gerne wieder ins Bett zurück wäre. Ihrem Kopf ging es besser, ihr Magen beruhigte sich dank des Brötchens und sie bekam gerade so eine angenehme Bettschwere. Auf Gespräche zum Thema Liebe und Männer hatte sie jetzt deshalb gerade so überhaupt keine Lust. Sie meinte deshalb nur ziemlich gelangweilt „jo, irgendwann wird schon mal noch der Richtige auftauchen. Aktuell hätte ich da allerdings keinen im Auge. Ich will jetzt erst mal meine Ausbildung zu Ende bringen, alles andere ergibt sich." Und da sie gerade auch nichts von irgendwelchen jungen Assistenzärzten hören wollte, fragte sie Lena nicht nach deren Liebesleben. Die schaute zwar gerade leicht pikiert, aber Ronja wollte nur noch ins Bett, am liebsten in ihr eigenes. Da es zwischenzeitlich schon fast halb zwölf war, waren Rosa und Karl mit Sicherheit schon weg und Mama hatte ihr Zimmer bestimmt schon wieder auf Vordermann gebracht. „Du, nimm's mir nicht übel, aber ich geh heim." Sie gähnte. „Wir können ja später nochmal schreiben. Bist du morgen noch da, oder musst du wieder zurück nach Darmstadt?" Lena begann, den Tisch abzuräumen, Ronja trug noch ihren Teller und ihre Tasse zurück in die Küche. „Ja, morgen bin ich noch da. Ich muss erst wieder am Montag zurück nach Darmstadt. Außerdem will ich ja noch mit meiner Mutter reden." Ronja schnappte sich ihre Tasche und schlüpfte in ihre Sandalen. Dann umarmte sie Lena nochmal, bevor sie Richtung Tür ging. „Gut dann komm ich vielleicht morgen nochmal vorbei. Bis dann Schnucki." Sie warf Lena noch eine Kusshand hin und schlüpfte durch die Tür. Ach herrje, war das hell hier. Und so warm. Na gut, was hatte sie im August auch anderes erwartet. Schleunigst kramte sie ihre Sonnenbrille aus der Tasche, setzte sich in ihr Auto und machte sich müde auf den Weg nach Hause.

„Guten Morgen Frau Meyer, warum bist du denn schon wach?" Andreas kam ins Esszimmer geschlurft, wo Anja im Bademantel und mit einer Tasse Tee vor sich am Tisch saß und Zeitung las. Sie lächelte. „SCHON ist gut, es ist fast Mittag. Außerdem hat der Krümel so getreten, dass an Schlaf nicht wirklich zu denken war." Anja und Andreas hatten sich nicht sagen lassen, ob es ein Junge oder ein Mädchen werden würde. Sie wollten sich überraschen lassen. Andreas gab erst Anja, dann dem Bauch einen Kuss, dann machte er sich in der Küche einen Kaffee. „Wo sind denn die Kinder?" Anja faltete die Zeitung zusammen. „Mein Papa war da und hat sie geholt, sie wollten zusammen ins Schwimmbad. Außerdem dachte er wohl, wir hätten wenigstens EINEN „Flittertag" verdient." Sie grinste. Andreas kam zurück, setzte sich und rieb sich die Augen. „Das ist aber sehr rücksichtsvoll." Er freute sich. „Was machen wir drei Hübschen denn dann mit diesem angefangen, herrlichen Tag?" Anja dachte nach. „Ich glaube, nicht allzu viel. Es soll ziemlich heiß werden heute und ich weiß nicht, ob ich das lange aushalte. Außerdem komme ich fast nicht mehr in meine Schuhe." Sie bekam den Tag über öfter Wasser in den Füßen und in den Händen, gerade jetzt, wo es doch immer ziemlich warm war. „Weißt du was, ich habe eine grandiose Idee! Wir gehen nachher was zum Grillen einkaufen und du fragst meine Schwiegereltern, ob sie Lust hätten, nach dem Schwimmbad mit zu uns zu kommen. Ich mach uns beiden nachher einen schönen Eistee und du setzt dich in die Hollywood-Schaukel und legst die Füße hoch. Klingt das nach einem Plan?" Er strahlte. Anja sah ihn dankbar und liebevoll an. „Das klingt perfekt, genau so machen wir es." Sie zuckte zusammen und fasste sich an den Bauch. „Unser Zwerg scheint auch einverstanden zu sein, jedenfalls dem heftigen Tritt nach zu urteilen."

Spätnachmittags kamen ihre Eltern mit Lennox und Leonie aus dem Schwimmbad zurück. Mathilda hatte daheim noch einen Salat gerichtet, den sie jetzt Andreas in die Hand drückte. Sie setzte sich zu Anja auf die Terrasse. „Hach, schön habt ihr es. Hier kann man es echt aushalten." Sie streckte behaglich die Füße von sich. Georg unterhielt sich mit Andreas in der Küche und die Kinder waren hoch in ihre Zimmer gegangen. Im Wohn-zimmer warteten die Hochzeitsgeschenke noch darauf, ausgepackt zu werden. Aber Anja hatte bisher noch nicht wirklich genügend Motivation gefunden. Sie hatte lediglich die ganzen Glückwunschkarten durchgesehen und einige Nachrichten auf ihrem Handy beantwortet. Andreas hatte die kommende Woche Urlaub, da würde sich genügend Zeit finden.

„Das war ja jetzt gestern eine große Überraschung mit der Nachnamens-Änderung für die Kinder. Erzähl doch mal! Wie hat Reiner reagiert?" Mathilda sah Anja gespannt an. Sie hatten in dem ganzen Trubel gestern keine Möglichkeit mehr gehabt, in Ruhe zu reden. Anja tupfte sich mit einem Handtuch das Gesicht ab. Diese Hitze machte ihr unglaublich zu schaffen. Dann wandte sie sich ihrer Mutter zu. „Ich bin vorletzte Woche zu ihm gefahren und habe ihn rundheraus gefragt. Wie du weißt, fand er ja schon die Idee mit dem Baby und der Hochzeit ziemlich daneben." Stimmt, daran erinnerte sich Mathilda noch sehr gut. Anja hatte sich dazu entschlossen, ihren Ex-Mann über die Neuigkeiten in ihrem Leben zu unterrichten. Sie war zu ihm gefahren und sie hatten sich stehend vor seiner Haustür unterhalten. Anja registrierte erleichtert, dass er sie nicht mit in seine Wohnung bat. Und er hatte auf ihre Ansage reagiert wie auch sonst schon während ihrer Ehe. Abwertend, emotionslos und vorwurfsvoll. Warum man in ihrem Alter noch Kinder in die Welt setzen müsste, ob sie sich das auch reiflich überlegt hatte mit der erneuten Heirat und dass er ja schon immer gewusst hätte, dass sie nicht in der Lage sei, irgendetwas alleine auf die Reihe zu bekommen. Anja zitierte im Stillen „Götz von Berlichingen" und blieb nüchtern und sachlich. „Sei doch froh, dann bist du mich doch endgültig los. Und da du dich ja auch sonst nicht wirklich für deine Kinder interessierst, möchte ich dich darum bitten, der Nachnamensänderung zuzustimmen. Daran, dass du der leibliche Vater bist, ändert sich ja nichts." (Leider, dachte sie so bei sich) „Aber für die Kinder wäre es einfacher, wenn sie heißen könnten wie der Rest der Familie. Vor allem in der Schule. Ich habe keine Lust darauf, sie irgendwelchen Hänseleien aus- zusetzen, nur weil sie als einzige noch den Namen „Eratz" tragen. Der im Übrigen nicht mal wirklich schön klingt!" Diesen kleinen Seitenhieb konnte sie sich nicht verkneifen. Reiner giftete „natürlich, dagegen klingt Meyer ja wie die reinste Symphonie." Anja überhörte seinen bescheuerten Einwurf und seine vor Ironie tropfende Stimme und sprach weiter. „Also, ich möchte, dass du zum Wohl deiner Kinder die Änderung unterschreibst. Sie entscheiden im Übrigen ab jetzt selbst, ob und wann sie zu dir möchten, ich werde sie da nicht mehr unter Druck setzen. Gerade Lennox möchte zur Zeit ja eher weniger mit dir zu tun haben, wie du hoffentlich verstehen kannst. Und da du die Kinder eh meistens zu deiner schrulligen Mutter abschiebst wird es für dich keinen großen Unterschied machen." Anja sah ihn kalt an. Reiners Augen verengten sich zu Schlitzen, dann zuckte er mit den Schultern. „Macht doch, was ihr wollt. Du und deine Familie geht mir schon jahrelang auf den Zeiger. Je weniger ich mit euch zu tun habe, umso besser. Ich werde also mit Freuden deinen komischen Wisch unterschreiben. Leonie und Lennox können von mir aus tun und lassen, was sie wollen. Werdet glücklich, solange es hält." Er drehte sich um, schloss die Tür hinter sich und ließ die völlig verwirrte und sehr zornige Anja zurück. Sie hätte am liebsten nochmal geklingelt und ihm wortlos eine gescheuert, quasi als finales Abschieds-geschenk. Aber sie beherrschte sich, je weniger sie mit ihm zu tun hatte, umso besser war es. Für alle. Sie ging zurück zum Auto und heulte vor Zorn (und Hormonen). Dann rief sie Andreas an und berichtete ihm von dem „Gespräch". Sie erzählte ihm allerdings nicht, warum sie eigentlich dort gewesen war. Das sollte ja noch eine Überraschung werden. Andreas dachte, es ginge noch um die Geschichte mit Lennox. Sie hörte den Zorn in seiner Stimme, als er meinte: „Dem müsste man echt mal sein Hirn gerade rücken. Am besten mit einem sauberen Handkantenschlag in den Nacken!" Anja putzte sich die Nase und musste lachen. „Ach was, mach dir doch an dem die Hände nicht schmutzig. Ich fahr jetzt heim und freue mich auf dich. Bis demnächst." Sie warf einen Kuss durchs Handy und machte sich erleichtert auf den Weg zurück nach Wald-Michelbach.

Nachdem Anja nun ihrer Mutter von dem mehr oder weniger unschönen Treffen mit Reiner berichtet hatte, schüttelte die nur mit dem Kopf. Sie schnaubte wütend „Dieser Mann war schon immer eine Ausgeburt an Dummheit, Ignoranz und Empathielosigkeit. Ich bin so froh darüber, dass du damals den Schritt gewagt hast, dich von ihm zu trennen. Und mit Andreas hättest du ja auch keinen besseren Mann finden können." Sie strich ihrer Tochter lächelnd über die Wange. „Ach warte mal, ich hab da ja noch was für dich." Anja stand auf und lief in den Flur. Dort hing ihre Handtasche und in der befand sich ihr Mutterpass. Sie ging zurück zu ihrer Mutter und hielt ihr das neueste Ultraschallbild unter die Nase. Mathilda war entzückt. Georg kam gerade raus auf die Terrasse. „Guck mal Schatz, unser jüngstes Enkelkind." Sie reichte ihm das Ultraschallbild und stellte sich neben ihn. Georg betrachtete das Bild von allen Seiten, drehte es hin und her, kniff die Augen zusammen und meinte dann „also ich weiß ja nicht, wie es anderen Männern da geht. Aber ICH erkenne da nie was drauf. Das ist für mich alles ein schwarz-weißes Durcheinander. Das war schon bei euch dreien nicht anders." Mathilda nickte bekräftigend. „Ich freue mich darauf, wenn ich das Würmchen endlich „in echt" im Arm halten kann." Er gab Anja das Bild zurück und die steckte es lachend wieder in den Mutterpass. „Mach dir nix draus Papa, Andreas hat da auch so seine Schwierigkeiten. Neulich war er mit beim Ultraschall und dachte die ganze Zeit, das Baby läge anders-rum. Ist wohl echt kein Männerthema." Andreas kam mit einer Platte Grillgut aus der Terrassentür. „Was wird hier schon wieder über die Männerwelt hergezogen?" Anja gab ihm einen Kuss auf die Backe. „Keiner zieht über euch her. Aber weder du noch Papa erkennt auf den Bildern irgendetwas, also gehen Mama und ich davon aus, dass das eher so ein Männerding ist, verstehst du?" Georg und Andreas sahen sich verschwörerisch an und zwinkerten sich zu. Andreas band sich eine Schürze um und schwang heroisch mit der Grillzange. „So Mädels, Schluss jetzt mit lustig. Ich habe Kohldampf wie ein Bär und werde mir gleich eine halbe Sau auf den Grill werfen. Wer auch noch was möchte, sollte sich schleunigst einen Teller holen." Gegen halb neun abends saßen die Erwachsenen im Schatten der Markise auf der Terrasse und genossen den warmen Sommerabend. Leonie und Lennox hatten sich in ihre Zimmer zurückgezogen, Lennox wollte noch ein bisschen zocken und Leonie fernsehen.

„Übernächste Woche ist jetzt noch der Termin beim Standesamt wegen der Namens-änderung und dann möchte ich mich so ganz langsam seelisch und moralisch auf die Geburt vorbereiten." Anja drehte gedankenverloren ihr Wasserglas hin und her, der Gedanke an beides machte sie leicht nervös. Andreas, der neben ihr saß, nahm ihre Hand. „Mach dich nicht verrückt. Wir werden das schon gemeinsam hin bekommen. Und wenn jetzt nächste Woche noch der Kinderwagen kommt, sind wir doch bestens vorbereitet." Stimmt, Andreas hatte Recht. Das neue Kinderzimmer war schon komplett einge-richtet und Anja hatte sich schon hie und da was zurechtgelegt, was in die Kliniktasche musste. Wenn das jetzt mit Reiner noch einigermaßen reibungslos über die Bühne gehen würde, stünde ihrem Glück nichts mehr im Wege. Sie schloss die Augen und gab sich dem kühlen Lüftchen hin, das nun über die Wiese Richtung Haus kam. Zum ersten Mal fühlte sie sich wirklich angekommen.

Zwei Wochen später, an einem sonnigen Dienstag Nachmittag verließen vier sehr glückliche Menschen namens „Meyer" das Standesamt. Die größte Hürde war somit geschafft, jetzt konnten sie sich alle in Ruhe auf die Ankunft des Erdenbürgers vorbereiten. Auch bei Lena hatte sich mittlerweile etwas getan. Sie hatte mit ihrer Mutter nochmal eindringlich gesprochen und beide waren überstimmend der Meinung, dass es das Beste sei, das Haus zu vermieten. Lena wollte sich nun so bald wie möglich um einen Mieter kümmern. Dabei sollte ihr das Schicksal noch in die Hände spielen, das wusste sie nur noch nicht.
Greta hatte sich mittlerweile schon ein paar mal mit Werner getroffen und die beiden verstanden sich hervorragend. Sie hatten sogar schon einige Gemeinsamkeiten herausgefunden. So liebten zum Beispiel beide die Musik von „Santiano". Und sie waren beide einem leckeren Essen nicht abgeneigt, am

liebsten mit einem schönen großen Eis als Nachtisch. Und dazu ein gutes Glas Rotwein. Außerdem war Werner schon zweimal in Australien gewesen, und so hatten sie wirklich immer Gesprächsstoff. Werner war fasziniert von der eher zurückhaltend wirkenden Greta, die erst im Gespräch richtig aufblühte und dann auch einen herrlichen Sinn für Humor bewies. Sie war intelligent und belesen, und es machte ihm Freude, sich mit ihr zu unterhalten. Wenn sie in ihrem Element war und ihre grauen Augen funkelten und sie beim Reden wild mit den Händen gestikulierte, wirkte sie unglaublich anziehend und jung. Dann sah man ihr nicht an, dass sie mittlerweile schon 60 Jahre alt war. Sie erinnerte ihn immer ein wenig an die Schauspielerin Johanna Gastorf. Wenn Greta lachte, ging regelrecht die Sonne auf. Sowas war ihm schon lange nicht mehr passiert. Er suchte ihre Nähe und verbrachte mehr Zeit mit ihr als mit all seinen anderen Damenbekanntschaften in den letzten Jahren. Aber auch Greta fühlte sich mit dem charismatischen Werner mehr als wohl. Sie hatten beschlossen, demnächst mal zusammen nach Mannheim ins Theater zu gehen und hatten einen größeren Ausflug nach Stuttgart geplant. Mathilda beobachtete das Ganze mit viel Freude, sie gönnte es ihrer Freundin von ganzem Herzen, endlich mal glücklich zu sein. Werner indessen dachte schon über etwas ganz anderes nach. Er erinnerte sich öfter daran, wie Greta ihm damals bei Anjas und Andreas Hochzeit von der wunderschönen Gegend rund um Wald-Michelbach vorge-schwärmt hatte. Und er spielte schon länger mit dem Gedanken, aus Mannheim raus irgendwo aufs Land zu ziehen. Greta hatte Recht: die Luft im Sommer war hier herrlich, und man war trotzdem schnell mal in irgendeiner Stadt wie Heidelberg oder eben Mannheim. Und in ein bisschen was über einer Stunde war man sogar in Frankfurt, wenn man das wollte. Die Umgebung war von Wäldern geprägt, in denen es sich wunderbar spazieren ließ und überall fand man entzück-ende kleine Cafés oder Plätze zum Erholen. Er überlegte einige Tage und beschloss dann, sich nach einer kleinen Wohnung in oder rund um Wald-Michelbach umzusehen. Er hatte ja schließlich nichts zu verlieren. In Mannheim war er ganz alleine. Ja, sein Sohn besuchte ihn regelmäßig, und die ganzen Damen in seinem Viertel kümmerten sich auch rührend um ihn. Aber ihm fehlte eine gewisse Beständigkeit, ein Ort, an dem er sich rundum wohl fühlen würde. Und er hatte das Gefühl, hier könnte er ihn finden. Und außerdem wäre er dann ganz in der Nähe seines ersten Enkelkindes. Das wäre natürlich perfekt. Und vielleicht könnte er dann auch Greta noch ein wenig öfter sehen. Nun denn, er würde sich also mal umhören, vielleicht ergab sich ja was.

„Maaaamaaaa!" Ronja brüllte durchs Haus wie eine komplett Irre. Mathilda seufzte. Seit der Termin für die Schokoladenmesse immer näher rückte war Ronja fast zu nichts mehr zu gebrauchen. Gitti und Horst hatten ihr Versprechen wahr gemacht und „Ronjas Streuselglück" ins feste Sortiment aufgenommen. Sehr zum Leidwesen von Sophia, die sich seitdem regelrecht gemobbt fühlte. Dabei tat ihr ja eigentlich gar niemand etwas, jeder war freundlich und nett zu ihr. Aber es wurmte sie nun mal, dass Ronja so einen dermaßen großen „Sonderstatus" zu haben schien. Dass diese aber auch ziemlich viel Fleiß und Engagement in ihre Arbeit steckte, sah sie nicht, beziehungsweise wollte sie nicht sehen. Und dass diese dumme Pute jetzt auch noch mit Thomas auf die Schokoladenmesse durfte, setzte dem Ganzen komplett die Krone auf. Ronja war das Gezicke ihrer Kollegin mittlerweile völlig egal. Sie stand schon ein paar Tage völlig neben sich. Ihre Schwester Anja war nun fast im neunten Monat, das hieß, das Kind könnte jeden Tag kommen. Und Ronja wollte doch so gerne da sein und sofort wissen, ob sie nun eine kleine Nichte oder einen Neffen bekommen würde. Anja und Andreas hatten wohl auch schon Namen für beide Optionen, aber die wurden noch nicht verraten. Ihre größte Angst war es nun, dass sie in Tübingen saß, während alle anderen zuhause mit dem Baby kuscheln durften. Dementsprechend war ihre Laune. Dabei freute sie sich wie ein Schnitzel auf die Messe und auf das Wochenende mit Thomas. Ihre Mutter kam ins Zimmer. „Warum in Herrgottsnamen brüllst du denn so?" Sie sah sich um, erkannte sofort das Problem und seufzte. Eigentlich war das hier eine Art Deja- vu. Wann immer Ronja irgendetwas Größeres vorhatte, sah es in ihrem Zimmer aus wie auf einem Schlachtfeld. Jetzt war sie auf der Suche nach geeigneten Klamotten für Tübingen. Dabei war das erst am darauffolgenden Wochenende. „Kind, was machst du denn schon wieder für einen Heidenaufstand? Ihr seid doch nur eine Nacht dort." Ronja wühlte sich gerade durch einen Stapel langärmeliger Oberteile. „Ja, aber eine Nacht in Tübingen und nicht in Hinterposemuckel. Also will ich nicht, dass man gleich sieht, dass ich vom hintersten Land komme." Mathilda schüttelte missbilligend den Kopf. Ronjas Ambitioniertheit, irgend-wann einmal die große weite Welt zu erobern, war gigantisch. Und von daher auch ihr Bestreben, das Dörfliche jetzt schon, wenigstens kleidertechnisch, hinter sich zu lassen. Mathilda betrachtete stumm den Wust an Klamotten, den sich Ronja gerade selbst um die Ohren warf. Sie hob eine gestreifte Hose und ein schwarzes Oberteil vom Boden auf. „Wäre das nicht schick?" Ronja kommentierte mit einem unglaublich abwertenden Blick. Also schnappte sich Mathilda eine weiße Hose und ein gemustertes Oberteil. „Mama, weiß trage ich schon beim Arbeiten. Ich brauche etwas mehr „Städtisches" Also echt jetzt! Du hast von sowas null Ahnung!" Mathilda stöhnte kurz auf, dann warf sie beides aufs Bett und sah Ronja ernst an. „Weißt du was? Mach deinen Quatsch ohne mich. Ich habe keine Lust auf deine teenagerartige Prinzessinnen-Laune. Wenn du wieder normal und auf den Boden der Tatsachen zurückgekehrt bist, dann sag Bescheid. Ich gehe in der Zeit lieber das Mittagessen vorbereiten, Leonie und Lennox kommen demnächst von der Schule." Sie ging raus, schloss die Tür fester hinter sich als beabsichtigt und ließ eine sprachlose Ronja zurück. Sie war kaum draußen, als es ihr beinahe schon wieder leid tat. Eigentlich machte es ihr nichts aus, wenn Ronja mal wieder flippte, aber gerade waren auch ihre Nerven nicht wirklich die Stärksten. Anjas Kind sollte in ungefähr fünf Wochen auf die Welt kommen. Seit gut einer Woche kamen die

Kinder nach der Schule zu ihr zum Essen, um Anja auf jede erdenkliche Art und Weise zu entlasten. Die Schwangerschaft hatte ihr in letzter Zeit ganz schön zugesetzt. Obwohl es mittlerweile September war, war es über den Tag hinweg manchmal immer noch über 30 Grad warm. Sie hatte Wasser in den Beinen und der Bauch hatte über die letzten vier Wochen nochmal ordentlich an Umfang zugenommen. Der ganze Alltag wurde beschwerlich, an schlafen war schon lange nicht mehr zu denken, einkaufen, Wäsche aufhängen oder putzen übernahm mittlerweile Andreas. So langsam sehnte sie das Ende dieser Schwangerschaft wirklich herbei. Dementsprechend machte Mathilda sich Sorgen und war von dem pubertären Rumgezicke ihrer Jüngsten gerade schwer genervt. Sie ging in die Küche und setzte Nudelwasser auf, ihre Enkel hatten sich Spaghetti mit Tomatensauce zum Mittagessen gewünscht. Georg war mit Andreas zum Baumarkt gefahren. Andreas suchte noch nach kindersicheren Abdeckungen für die Steckdosen. Zwar hatten ihm seine Schwiegereltern und auch sein Vater eindringlich versucht, klar zu machen, dass ein Baby im Bauch mit Sicherheit noch an keine Steckdose greifen würde, und dass das auch die ersten drei bis sechs Monate schwierig werden könnte. Aber er war nun mal der Meinung, je früher man an alles dachte umso besser. Anja musste ans CTG, die beiden Männer hatten sie bei ihrer Frauenärztin abgesetzt und würden sie auf dem Heimweg wieder mitnehmen. Mathilda stand in der Küche und putzte Salat. Das Nudelwasser begann zu brodeln, die Tomatensauce köchelte seit heute morgen vor sich hin. In einer halben Stunde würden Leonie und Lennox auftauchen, dann könnten sie essen und sich gleich an die Hausaufgaben setzen. Dann hatte Anja das später schon mal weg. weg. Mathilda hörte Schritte hinter sich und drehte sich um. Ronja stand zerknirscht im Türrahmen. „Sorry Mama, ich wollte dich nicht so anschnauzen." Sie ging auf Mathilda zu und nahm sie in den Arm. „Ich bin nur unglaublich aufgeregt wegen der Messe, ich darf dort ja quasi zusammen mit Thomas die „Süße Schmiede" repräsentieren. Und dass das mit meinem Streuselkuchen so toll angenommen wird, und noch mehr freue ich mich auf das Baby und ach…. gerade läuft alles so toll. Und wenn mich dann jemand so unsanft aus meinen rosa Wolken wirft, werde ich halt erstmal motzig. Kannst du mir nochmal verzeihen?" Sie setzte einen reumütigen Hundeblick auf und schob die

Unterlippe nach vorne. Mathilda hatte krampfhaft versucht, ernst zu bleiben, nach diesem Blick war es aber völlig vorbei mit ihrer Fassung. „Du machst mich fertig, mal ehrlich. Komm her du Oberzicke." Sie drückte ihr Töchterchen und fuhr ihr über die Haare. „Du deckst jetzt den Tisch und dann essen wir vier zusammen. Nachher könntest du mit Leonie und Lennox zu Anja laufen, um deine Klamotten kannst du dich am Wochenende immer noch kümmern. Jetzt sind erstmal andere Dinge wichtig." Mathilda fand, dass hier jetzt mal eine klare Ansage von Nöten war. Und Ronja nickte widerstandslos. Sie hatte ein ziemlich schlechtes Gewissen.

„Die Ärztin ist soweit ganz zufrieden, aber scheinbar macht der Krümel größere Fortschritte als bisher vermutet. Sie hat das Datum jetzt mal auf den 15. Oktober vordatiert." Andreas wurde vorne am Steuer blass. Anja war gerade vorne eingestiegen, Georg hatte es sich auf der Rückbank bequem gemacht. „Das wäre ja dann schon in knapp vier Wochen. Oh Gott, ich glaube, bis dahin bin ich ein nervliches Wrack. Hoffentlich hat es dann nicht mit Ronja zusammen Geburtstag, das gäbe ja sonst jedes Jahr eine riesige Party." Stimmt, daran hatte Anja bisher ja noch gar nicht gedacht.

Ronja hatte am 12. Oktober Geburtstag, das wäre ja jetzt wirklich der Brüller, wenn die Geburt genau auf den gleichen Tag fallen würde. Aber das sollte gerade nicht ihr Problem sein, das Kind würde kommen wann immer es wollte. „Ich denke aber, ich werde mal so ganz langsam meine Klinik-Tasche packen. Daheim sind wir ja soweit." Anja wirkte tiefenentspannt, ganz im Gegensatz zu ihrem Mann. Der war alleine schon bei dem Wort „Klinik-Tasche" wieder zusammen-gezuckt und wechselte die Gesichtsfarbe. „Ja, dein Vater und ich haben noch die Abdeck-ungen besorgt, jetzt kann nichts mehr schief gehen. Ich habs voll im Griff!" behauptete er stolz. Anja nahm lächelnd seine Hand. Er war so süß, wenn er sich so betont cool und lässig gab. Sie verstand ja, dass er unglaublich nervös war, schließlich wurde er ja zum ersten Mal Vater, während sie schon zum dritten Mal Mutter wurde und wenigstens ungefähr wusste, was auf sie zukam. Auch wenn die letzte Schwangerschaft jetzt schon sieben Jahre her war. Sie ließen Georg daheim aussteigen und fuhren weiter zu sich nach Hause. Anja hatte mit ihrer Mutter telefoniert und wusste daher, dass Ronja später mit den Kindern kommen würde. „Ich werde jetzt mal noch die Babyklamotten einmal durchwaschen, dann können die auch in den Schrank. Wir müssten dann nur noch bei Gelegenheit den Himmel ans Bettchen montieren. Außerdem will ich noch die restlichen Johannisbeeren zu Marmelade verarbeiten." Andreas hatte sich einen Kaffee und Anja einen Tee gemacht und beide saßen nun zusammen im Schatten auf der Terrasse und genossen das herrliche Wetter. „Du sollst dich doch nicht übernehmen, das mit dem Betthimmel mach ich alleine. Wenn das Kleine da ist und du dich wieder fit fühlst, kannst du immer noch die Bude auf links drehen. Jetzt hälst du die paar Tage einfach mal die Füße still." Anja salutierte im Sitzen „Aye Aye Sir, Ihr Wunsch ist mir Befehl. Ich werde ab jetzt brav hier in diesem Sessel sitzen bleiben und nichts mehr tun." Andreas stand auf, küsste sie und räumte die Tassen weg. Auf dem Weg in die Küche blickte er zum Himmel und rief ziemlich laut „Herr, erhalte ihr diese Einsicht!" Anja versuchte, ihm eine ihrer offenen Schuhe hinterher zu werfen, kam aber im Sitzen nicht mehr an ihre Füße.

„Komm schon, wir sind gleich dran!" Thomas zog Ronja am Ärmel weiter Richtung Eingang. Der Andrang war wie zu erwarten recht groß, die Messe war für Besucher und solche vom Fach gleichermaßen geöffnet. Nach einer zweistündigen Zugfahrt spazierte Ronja nun mit Thomas durch die weißen Zelte der Ausstellung und bekam schon in den ersten fünf Minuten den Mund nicht mehr zu. Hier gab es unfassbar viel Schokolade aus aller Herren Länder. Rund 100 Chocolatiers zeigten hier ihr Können mit unglaublichen Kreationen. Von ganz normaler Tafelschokolade über solche mit außergewöhnlichen Füllungen wie rosa Pfeffer oder verschiedenen Frucht- füllungen bis hin zu Schoko-Maultaschen, Trinkschokoladen, Schokobroten, Schokoladensalamis und sogar Grillpralinen gab es hier alles, was ein Schokoladenherz höher schlagen ließ. Die Beiden probierten sich durch die Stände und Ronja war fasziniert von der Vielfältigkeit der verschiedenen Sorten. Je nach Land schmeckte die Schokolade vollkommen anders, mal war sie fast schon zu süß, mal unglaublich herb. Dann hatte sie wieder einen undefinierbaren Beigeschmack oder war schlicht und ergreifend unglaublich gut. Ronja merkte gar nicht, wie die Zeit verflog. Als Thomas sie darauf aufmerksam machte, dass es schon halb sechs abends war und die Messe ja um 18 Uhr schließen würde, erwachte sie wie aus einer Art Trance. Sie hatte sich fast von jedem Stand ein bisschen Informationsmaterial mitgenommen, außerdem kleine abgepackte Probierstückchen und feine Spezialitäten für zu Hause. Wie gut, dass sie noch eine zusätzliche Tasche dabei hatte, in ihren kleinen Koffer hätte das alles niemals gepasst. Als sie abends in einem schicken dunkelblauen Kleid mit Thomas im hoteleigenen Restaurant saß, kam sie aus dem Schwärmen nicht mehr heraus. „Hast du diese unfassbaren Schaum-küsse mit Mandelkrokant probiert oder die Pralinen mit Eiswein? Oh mein Gott, in die hätte ich mich reinlegen können." Ronja fuhr sich mit der Zungenspitze über die Lippen. „Und diese wahnsinnig vielen Arten von Trinkschokoladen und Schokobieren, und diese Marzipan-Nougat-Variationen einmalig." Ronjas Augen glänzten und Thomas sah sie amüsiert an. Er wusste ja, dass Ronja eine gewisse Schwäche für Schokolade hatte, aber das war ja schon eher eine wahre Leiden-schaft. „Hast du jetzt heute was an Lehr-reichem mitnehmen können?" Thomas nahm noch einen Schluck Bier während sie auf das Dessert warteten. Ronjas Wangen waren rot vor Eifer als sie sagte „na und ob, ich bin jetzt ziemlich sicher, dass ich eine Chocolatiere werden möchte. Das ist genau der Grundstoff, mit dem ich in Zukunft arbeiten will. Die Möglichkeiten sind damit schier unbegrenzt. Denkst du, man hat als Chcolatiere eine Chance auf dem Markt?" Sie nahm sich ihr Glas mit der hausgemachten Maracuja-Limonade, zog an dem Strohhalm und spielte dann mit den Eiswürfeln. Thomas überlegte. „Nun, ich denke, wenn du etwas Einzigartiges kreieren kannst, etwas das kein anderer sonst macht, dann hast du gute Chancen, dich zu etablieren. Ich glaube da ganz fest an Dich." Er prostete ihr lächelnd zu. Ronja legte die Hände an die Wangen und wurde rot. „Oh danke, du bist echt fast so süß wie die ganze Schokolade, die ich heute über den Tag so probiert habe. Ich freue mich jetzt auf das Erdbeer-Tiramisu." Sie rieb sich erwartungsvoll die Hände. Thomas betrachtete sich sein beachtliches Bäuchein und sah sie dann schon fast vor-wurfsvoll an. „Also gerecht finde ich das ja nicht! Du haust dir den ganzen Tag kiloweise Schoko rein und jetzt noch einen mächtigen Nachtisch und wiegst wahrscheinlich morgen noch weniger als heute. Während ich nur an Tiramisu zu denken brauche und schon habe ich zwei Kilo mehr auf den Rippen." Er setzte eine mitleidsvolle Miene auf. Ronja musste lachen. „Lach nicht, ich habe mal zu meiner Ex gemeint, ich würde mich fühlen wie ein griechischer Gott. Darauf sie „Buddha war kein Grieche!" Geht's noch?" Jetzt lachte Ronja Tränen. Thomas war wirklich unschlagbar. „Mein Ex meinte mal, ich soll ein bisschen aufpassen, was ich so in mich reinstopfe. Er wolle ja schließlich nicht, dass der Schatten seiner Freundin größer wäre als sein eigener." Thomas lachte zwar, sah sie aber dennoch prüfend an. „Du hast es wahrlich nicht nötig, dich von irgendjemanden runtermachen zu lassen. Du bist ziemlich attraktiv wie ich finde. Eigentlich wärst du ja genau mein Typ." Ronja hob sofort abwehrend die Hände. Thomas schüttelte den Kopf. „Alles gut, ich weiß, dass ich nicht DEIN Typ bin. Aber trotzdem mag ich dich sehr und habe den Tag heute mit dir sehr genossen." Er prostete ihr erneut zu und Ronja formte mit ihren Händen ein Herz. „Ach Thomas, du weißt doch, dass ich dich auch wirklich sehr gerne mag und ja, der Tag war echt grandios. Und was bin ich so froh, dass heute erst der neunte Oktober und Anjas Baby immer noch im Bauch ist. Jetzt kann ich diesen schönen Abend noch in aller Ruhe genießen. Ich habe im Übrigen bald Geburtstag, wie du vielleicht weißt. Hast du da nicht Lust, nachmittags zum Kaffee zu kommen?" Und so plauderten sie und Thomas noch die halbe Nacht, später verlagerten sie ihr Gespräch dann an die Hotelbar. Nichtsahnend, dass zuhause fast genau zur selben Zeit die große Hektik ausbrach….

„Schatz, kann ich was tun? Sag doch was! Soll ich deine Mutter anrufen oder einen Krankenwagen holen? Soll ich die Kinder wecken? Willst du was trinken? Vorsicht, fall nicht hin, warte, ich helfe dir. Atmen soll doch da helfen, oder? Atme Schatz, atme....

„ANDREAS, HALT EINFACH MAL DIE KLAPPE!!" Ich habe Wehen, aber deswegen musst du hier nicht vollkommen austicken. Du holst jetzt bitte meine gepackte Tasche aus dem Ankleidezimmer und rufst meine Mutter an. Die soll herkommen und nach Leonie und Lennox sehen. Und dann fahren wir ins Krankenhaus. AHHHH...." Die nächste Wehe nahm Anja die Luft zum Atmen. Andreas wurde kreidebleich und blieb stocksteif im Wohnzimmer stehen. Anja versuchte, die Wehe weg zu atmen, dann herrschte sie ihren Mann an. „Hättest du jetzt bitte die Güte, dich zu bewegen? Wir sollten dann wirklich mal so langsam los!" Andreas schüttelte sich kurz wie ein nasser Hund, dann sprintete er zu seinem Handy. Es kam ihm wie eine Ewigkeit vor, bis Mathilda endlich abnahm. „Oh gut, du bist wach. Komm bitte schnell, Anja hat Wehen. Du musst nach den Kindern sehen." Noch während er Mathilda am Telefon fast schon anschrie, rannte er in die Ankleide und schnappte sich Anjas fertig gepackte Klinik

Tasche. Er legte auf ohne eine weitere Antwort abzuwarten und flitzte zurück zu Anja, die sich gerade im Esszimmer an einer Stuhllehne festkrallte. Die Wehen kamen in ungefähr zehnminütigem Abstand, alles also noch halb so wild. Aber da ihre Frauenärztin ihr gesagt hatte, dass es beim Dritten durchaus schneller gehen könnte, wollte sie nichts riskieren. Sie hatten ja auch noch ungefähr 20 Minuten zu fahren. Und Anja wollte nicht „B38" als Geburtsort in der Geburtsurkunde stehen haben. Keine 20 Minuten später stand Mathilda in der Tür. Die Kinder hatten Gott sei Dank von dem ganzen Trubel noch nichts mitbekommen und schliefen. Es war jetzt mittlerweile fast halb drei mitten in der Nacht. Andreas trug die Tasche ins Auto und Mathilda kam Anja hinterher. Sie drückte ihrer Tochter einen Kuss auf die Stirn. „Oh, ich bin so aufgeregt. Der Papa kommt auch gleich, der hält es jetzt zuhause alleine nicht aus. Du schaffst das mein Kind, immer schön atmen." Zu Andreas gewandt sagte sie noch „fahr vorsichtig und melde dich wenn es etwas Neues gibt." Sie schloss die Beifahrertür und winkte dem davonfahrenden Auto hinterher. Dann ging sie rein und setzte einen starken Kaffee auf. Den würden sie und Georg bestimmt brauchen, immerhin wurden sie in ein paar Stunden zum dritten mal Großeltern.

Anja presste ein letztes Mal. Dann, am 10. Oktober um 9.28 Uhr war die kleine Louisa Meyer geboren. Ein wunderschönes kleines Mädchen mit hellen Haaren und einer süßen kleinen Stupsnase. Sie brüllte zum Einstand den kompletten Kreißsaal zusammen und Andreas war sofort schockverliebt. Er hatte zum ersten Mal seine kleine Tochter auf dem Arm und wusste gar nicht, wohin mit seinen vielen Gefühlen. Anja war zwar sehr erschöpft, aber überglücklich. Natürlich hätte sie auch einen Jungen genommen, aber sie hatte sich insgeheim noch ein Mädchen gewünscht und war nun vollkommen selig. Andreas schwankte sekündlich zwischen Lachen und Weinen. Und dann, so wie völlig aus dem Konzept gebracht, sah er Anja an und meinte „du hast mir vorhin fast die Hand gebrochen. Und du hast mich angeschrien." Er sah so vollkommen hilflos aus, dass Anja trotz ihrer Schmerzen, die sie immer noch hatte, lachen musste. „Das war nicht ich, das war die gebärende Bestie in mir. Sei mal froh, dass die sich jetzt wieder verflüchtigt hat. Sonst müsstest du ja in Zukunft Angst um deine Knochen haben." Er kam mit der Kleinen auf dem Arm zu ihr und legte sie ihr in den Arm. Sofort fing Lousia an zu schmatzen und zu suchen und Anja versuchte, sie zum ersten Mal anzulegen. Der Milcheinschuss würde noch zwei drei Tage dauern, aber je früher man begann, umso besser. Sie hatte Lennox und Leonie auch gestillt und wollte das natürlich jetzt für ihre kleinste Tochter auch. Andreas konnte sein Glück immer noch nicht wirklich fassen. Fasziniert beobachtete er Anja und seine kleine Tochter und sagte voller Inbrunst „weißt du eigentlich, wie sehr ich euch liebe? Danke, dass du mir das schönste Geschenk meines Lebens gemacht hast." Die Hebamme kam ins Zimmer zurück. „Na hier strahlen aber mal drei." Sie ging zu Anja und nahm ihr das Baby aus dem Arm. Andreas war kurz davor „He, was soll das?" zu rufen, aber als er sah, dass die Hebamme mit Louisa nur zur Waage lief, war er beruhigt. Er lief aber hinterher und ließ sein Kind nicht aus den Augen. „2520g, ein zartes kleines Mäuschen. Dann wollen wir gleich mal schauen, wie groß du bist." Sie legte ein Metermaß an die motzende Louisa und verkündete dann „und 49 cm groß. Passt alles. Jetzt ziehen wir dich noch schick an und dann darfst du zurück zu deiner Mama." Sie wickelte die Kleine routiniert, zog ihr einen Body und einen Strampler an und drückte sie dann wieder Andreas in die Arme. „So, dann lasse ich Sie noch ein wenig allein, in ungefähr einer Stunde dürfen sie dann rüber in ihr Zimmer. Wenn was sein sollte melden Sie sich einfach." Anja bat Andreas „würdest du vielleicht mal einen kleinen Rundruf starten? Ich glaube die sitzen daheim nun alle auf glühenden Kohlen." Stimmt, Andreas hatte in seiner übersprudelnden Vater-Freude den gesamten Rest der Welt, beziehungsweise der Familie völlig vergessen. Also legte er Anja die Kleine wieder in den Arm und machte ein schönes Foto. Dann ging er nach draußen ins Freie und wählte zuerst Mathildas Nummer. Die saß ja noch immer bei Anja und Andreas im Wohnzimmer, hatte aber mittlerweile die gesamte Familie um sich versammelt. Leonie, Lennox, Ronja, Georg, Finja und Doro hatten die letzten Stunden gespannt auf ein Zeichen gewartet. Ronja war vor einer halben Stunde von Thomas heimgebracht worden, der hatte sein Auto gestern am Bahnhof in Weinheim stehen lassen. Und Mathilda hatte Ronja mitten in der Nacht noch geschrieben, dass sie wohl bald nochmal Tante werden würde. Also war für Ronja heute morgen klar: Frühstück

fällt aus, ich muss sofort nach Hause! Jetzt war es halb elf und als Andreas das Bild von Anja und Louisa weiter schickte brach in Wald-Michelbach unglaublich lauter Jubel aus.
Einzig Ronja meinte noch „jetzt mal ehrlich, da ist man mal EINE Nacht nicht daheim…"

Wie es mit Anja und ihrem Nachwuchs weitegeht, was Mathilda und Georg noch erleben dürfen, wohin es die drei Schwestern verschlägt und welche schicksalhafte Begegnung Ronjas Leben verändern wird ...

Das alles erfahrt ihr in **Band 5** von

„Ronjas Welt"

Ich freue mich auf Euch!

ENDE